「私に貢いでくれない？　十億クラム」
JN035208

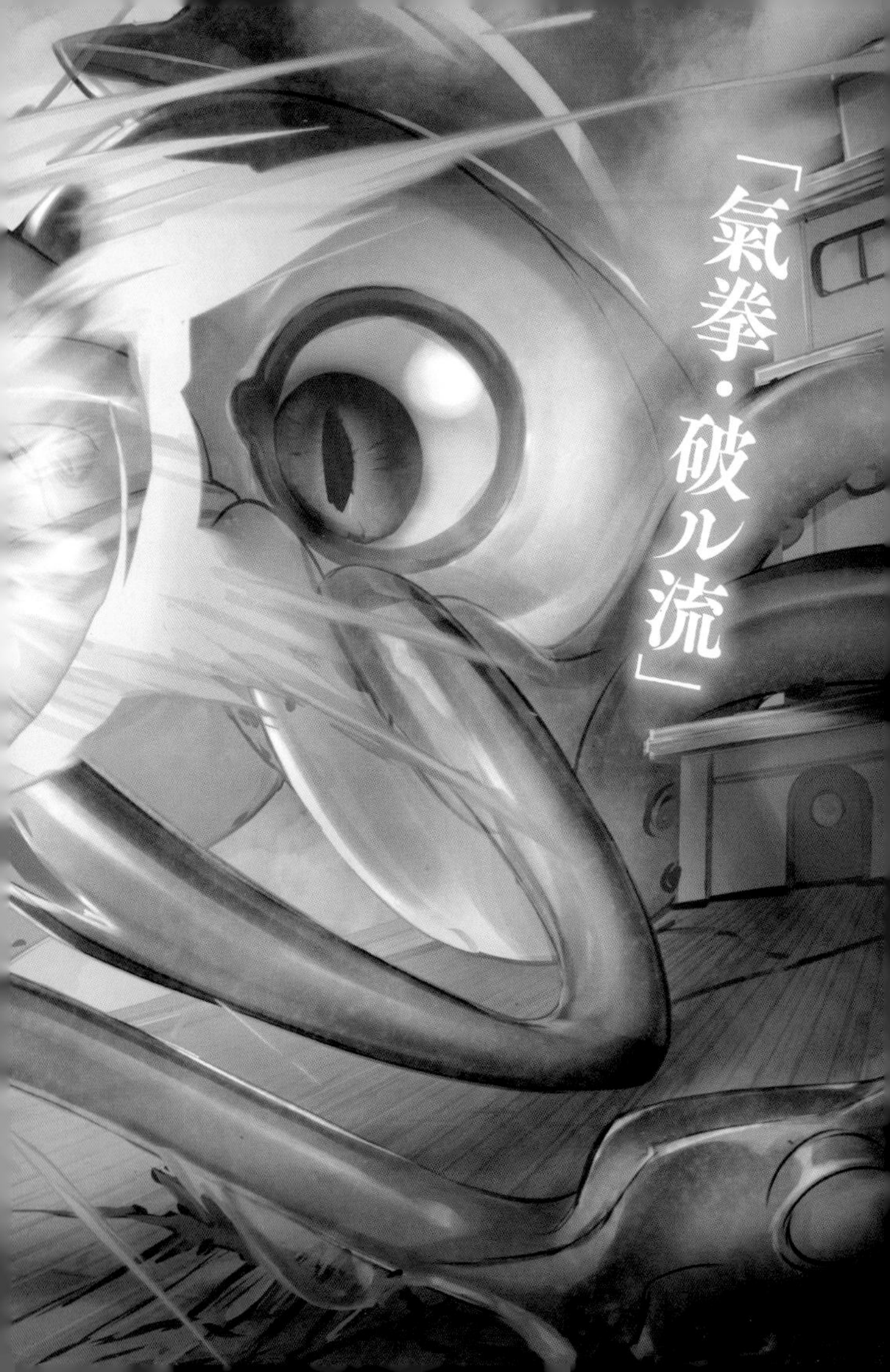
「氣拳・破ル流」

風を殴るようにして降ってきた
重い軟体の足に触れて真横に流した。
そして、私が触れた軟体の足は、爆散した。

「――最後の狩りは人か。
たまにはこういうのも悪くない」
私は再び窓枠に足を掛ける。
そして、飛んだ。

凶乱令嬢ニア・リストン 4

病弱令嬢に転生した
神殺しの武人の華麗なる無双録

南野海風

HJ文庫
1129

口絵・本文イラスト　刀彼方

Contents

「――ねえねえ！　昨日の紙芝居(かみしばい)観(み)た⁉」

「――観た！　面白(おもしろ)かった！」

「――アルトワール建国王ってあんなにかっこよかったんだ！」

「――確かに現国王ヒュレンツ陛下と似ていて――」

「――そういえばルネシアって初代王妃(おうひ)の幼名だったはず――」

等々。

寮(りょう)から校舎へ向かう。

たったそれだけの短い登校時から、評判になっていた。

周囲から漏(も)れ聞こえてくるのは、昨夜から始まったシルヴァーチャンネルの新番組の話題ばかり。

やはり私や兄の直感は正しかった。

あの紙芝居は、当たり企画(きかく)だ。

「評判いいらしいよ」などと放送局局員にしか言われない程度の微妙な私の犬企画などより、よっぽどの大当たりだと思う。

——これが正真正銘の流行というものなのだろう。

恐らく、魔法映像業界始まって以来、初めてアルトワール国民の心を掴んだ番組なのだ。

毎日漫然と流れている番組とは一線を画す風格があった。一度観ればもっと観たくなるような魅力に溢れていた。

きっとそうに違いない。

何せあの紙芝居は、私の心も掴んだのだから。

……面白いよなぁあれ。続きが気になる。

教室に入っても、例の紙芝居の話がそこかしこで飛び交っていた。

誰も彼もが夢中である。

これが魔法映像の力、魔法映像が持っている可能性。影響力と情報伝達力というものなのだろう。

——私たちはまだ、魔法映像という政策の本当の力を知らなかった。

学院の生徒はこんなにも影響を受けている。

誰でも魔法映像を観ることができる学院内でこのありさまだ。きっと学院の外でもそれなりに話題になっていると思う。

今頃はリストン領でも大騒ぎかもしれない。

果たしてベンデリオはどんな対抗馬を用意するのか、それともしばらくは静観するのか。

奴には夏の恨みはあるが、リストンチャンネルのために働いてもらいたい。

「――おはよう、ニア」

なんだかいつもより高い声で、隣の席が埋まった。

レリアレッド・シルヴァーのご登校だ。ほうほう、得意げな顔をして。上機嫌を隠そうともせずに。肥え太った商人のように胸を張って。へえ。そう。

周囲の反応からして、彼女も強く手応えを感じていることだろう。

――紙芝居企画は大当たりだ、と。

夏の失態が悔やまれる。あの企画は私の方が先に思いついたんだぞ。それを奪われたような形で……いや、よそう。

思いついた時と場所が悪かった。

つまり、私とは縁がなかったということだ。

少なくとも、現時点では。

　先のことはわからないからな。今は煮(に)え湯(ゆ)を飲まされたままでいることにしよう。後追いには後追いのやり方もあるしな。

「おはようレリア。随分(ずいぶん)得意げじゃない」

「うん！」

　彼女は力いっぱい頷(うなず)いた。

「ニアのちょっと悔(くや)しそうな顔、ずっと見たかったの！　ねえねえ悔しい？　悔しい？」

「はいはい悔しい悔しい」

　本当にな。本当に悔しいぞ。大人だったら女でも殴(なぐ)ってるくらいにはな。そこまで煽(あお)ったのなら殴られても文句は言わないだろう。

「もう朝から質問されっぱなし。あの紙芝居はなんだ、この先どうなるんだって。困っちゃうわよねぇ～番組のことを聞かれても答えられないしぃ～」

　ちゃんと調子に乗っているようで何よりだ。

　まあ、個人的には悔しいが、魔法映像(マジックビジョン)業界にとっては大きな功績となるだろう。普及率(ふきゅうりつ)も伸(の)びるに違いない。

　決して悪いことではないのだ。

　……それに、思うところもある。

私は危機感が足りなかった。

いざとなれば拳一つで大抵のことは片づけられると知っているだけに、魔法映像業界に関して軽く考えていた面がある。

夏休みに入る前、ヒルデトーラは企画のことで悩んでいた。王都にも名物企画がほしい、と思い悩んでいた。

なのに私は、他人事のように捉えていた。

そんなことはないのに。

ヒルデトーラが望むものは、リストンチャンネルにも必要なのに。

今回の紙芝居企画の大当たりを見て、思い知った。

王都チャンネルにもリストンチャンネルにも、あれに比類するものがないのだ。

本当の大当たり企画とは、ああいうものを言うのである。

私の犬企画など、紙芝居企画に比べれば稚児も同然。それほどの差があると思う。

こうなると、やはり武闘大会を実現したいところだ。今のところあの紙芝居に対抗できそうな企画は、あれしかないからな。

さて。

魔法映像関連のことはともかく、その他のことも考えねばならない。

夏休みの間に、私の周囲でもいろんな動きがあった。

まず、十億クラムを稼ぐこと。

国を挙げての武闘大会を開催するために必要な金だ。

これを調達するため、専属侍女リノキスが冒険家デビューを果たした。数日前に学院を離れた彼女は、今頃は魔獣を狩って金を稼いでいることだろう。

無論、リノキスだけに苦労を掛けるわけにはいかない。

私も動きたいし、他に打てる布石は打っておきたい。


小学部一年生の二学期が始まった。

この秋は忙しくなりそうだ。

第一章　お姫様の新企画

　新学期が始まって、数日が過ぎた。

「――お嬢様！　ただいま！　戻りました！」

　うん。

「おかえり。またあとで――何？」

　擦れ違うようにして寮部屋を出ようとした私の腕を、今やってきたリノキスが掴む。

「再会の抱擁は⁉　不肖リノキス今帰りましたよ⁉」

　なんだか必死な表情で訴えられているが。

「うん。でも私今から学院だし」

　遅刻の心配はないが、長々話しているほどの余裕はない。お互い話したいこともあるだろうし、一度話し込めば長引くだろうしな。

「学院なんていいじゃないですか！　学院と私どっちが大事なんですか⁉」

「今は学院」

「ひどい！　お嬢様のためにお嬢様のために出稼ぎしてきたのにひどいお嬢様のために行ってきたのに！　お嬢様のために頑張ったのに！」

「いってきます」

なんか泣き崩れたので、今はそっとしておくことにした。時間が経てば落ち着くだろう。

閉めたドアの向こうから「ひどい！　見捨てた！」と鋭い非難の声が飛んできたが、無視して歩き出す。

――今日明日にでも帰ってくる予定だったリノキスが、予定通り帰ってきた。

予定になかったのは、朝一番に寮に戻るとは思っていなかったことだ。

どうせ朝戻っても話す時間などないのだから、ゆっくり昼くらいに帰ればよかったのに。

冒険家デビュー。出稼ぎ。成果。

それらをこなしてきたリノキスの土産話は、私だって気になっているのだ。

まあ、あの様子なら、それなりの成果はあったのだとは思うが。

……しかし、話を聞くのは夜になるかもな。

きっと今日もヒルデトーラがやってくるだろうから。

「――ニア。わかっていますね？」

放課後、今日も使いすぎて疲れた頭を首に乗せて女子寮に帰ると、すでにヒルデトーラが部屋にいた。紅茶を飲んでいた。……この香りは私も滅多に飲めない高い茶葉だな。お客さんだから仕方ないか。

彼女は一階ロビーで私を待っているつもりだったらしいが、ちょうど洗濯物を抱えて通りかかったリノキスと遭遇し、そのまま部屋まで通されたそうだ。

まあ、意外と会えると評判のヒルデトーラも歴とした王族なので、リノキスのこの対応は間違っていないと思う。私が滅多に飲めない茶葉を出したことも含めて。

約束はしていなかったが、やはり今日も来たか。

「昨日の続き？」

「ええ。まだ何も決まっていませんから」

そうか。そうだな。

「――お嬢様。ヒルデトーラ様と何かあったのですか？」

鞄を受け取るために寄ってきたリノキスが、小声で訊いてくる。今朝帰ってきた彼女が知らないのは当然だ。

「少し前、ヒルデと企画の話をしたのよ。ほら、例のシルヴァー領の紙芝居があったから対策をね。あなたももう噂くらいは聞いているでしょ？」

内容的に本人に聞かれても構わないので、声を抑えず答えた。

リノキスはちょうど不在だったが、もう使用人ネットワークから聞いているだろう。

あの紙芝居は、今流行の話題だから。どこにいても噂くらい聞こえてくるだろう。

「――ああ……なんかすごい当たり企画だったみたいですね」

当たり企画。

そう、その表現が一番わかりやすいだろう。

当たり企画を引いたシルヴァー領。それに触発されたヒルデトーラと何日かにわたり相談し、昨日は企画のネタを探すために城下町に繰り出したのだ。

とはいえ簡単に見つかるわけもなく、結局雑貨を見て服を見て屋台を冷かして、ちょっと甘い物を買い食いして別れたのだが。

正直、一緒に出掛けてちょっと楽しかった、というだけで終わった感がある。私も孫を見守る老人の気持ちでキャッキャしているヒルデトーラと一緒にいた。それだけだった。

「また出掛けるの？」

出掛けるならまたすぐに立つことになるが、とりあえず彼女の向かいに座ってみた。

「もちろんです」

行くのか。まあ私も企画は欲しいから、探しに行きたくないわけではないが。

「でも二人で行くのはやめましょう。昨日は普通に遊んだだけ、みたいになりましたから。王城に帰って振り返って、何一つ得たものがなくて愕然としましたわ」

だろうな。私も同感だ。ちなみに兄専属侍女リネットも同行していたぞ。

「しかし企画を考えるのではなく、企画を探すという考え方は悪くないと思います。考えるのは放送局の方々が常にやっていますし」

うむ。視点を変えてみるのは大事なことだ。

「長い目で見た方がいいわよ。焦ってもろくなことにならないわ」

たった一日二日出掛けただけで当たり企画が見つかるなら、誰も苦労はしない。

「焦りますよ……王都放送局だけですよ、代名詞のような名企画がないのは」

そんなことはないだろ……ん？

「リストン領の名企画ってどれのこと？」

ベンデリオが出ている「リストン領遊歩譚」だろうか。

あれは何気に、リストン領の放送局ができてから一番息が長い番組である。やや対象年齢が高めだが名企画と言える、のか？　私は楽しんで観ていられるが。飲酒シーン以外は。

「犬でしょう！」

「えっ」

急に大声を出されたことにも驚いたが、その内容にも驚いた。

「あの犬の企画は当たりです！　夏休みの間リストン領でもシルヴァー領でも何本も撮ったでしょう⁉　王都でも撮ったじゃないですか！　人気があるからですよ！」

……そうなのか。全然自覚がなかったんだが。この企画だけやたら撮るな、こんなに撮って大丈夫か、としか思ってなかったんだが。

「――犬は当たりだと思う？」

一意見として、語らない三人目に聞いてみると。

「――当たりでしょう。どこにでもいる身近な生き物が主役で、誰が見ても内容がわかりやすい分だけ視聴者層も選ばない。犬好きな人も多いですから。まあ犬なんてどうでもいいけどお嬢様可愛い。当たらない理由がないですね」

リノキスの意見が当たっているなら、そういうことらしい。

でも、なぁ。

本物の当たり企画を知ってしまった今、犬は弱いだろう。あの紙芝居と比べるとどうしても見劣りする。

「シルヴァー領は、きっとこれから古典文学やおとぎ話といったものを紙芝居に起こして放送していくでしょう。

いや、それらに留まる理由もない。あらゆる方面を絵でカバーしていくでしょう」

紙芝居の可能性は広いというのは、私も同感だ。

特に舌を巻いたのは、やはり初手だな。

ヴィクソン・シルヴァーが初手をしくじっていれば、世間が紙芝居を受け入れるのにもっと時間が必要だったはず。

アルトワール建国記だもんな。少しでもこの国に好感を持ち、この国の住人であることを誇りに思っているなら、まず受け入れられる題材である。

本当にいいところを狙ったものだ。これ以上ないほどの初手だと思う。

「リストン領は犬があります。あれこそ紙芝居より後追いが難しい、ニアの足の速さがあるからこそ成立する企画です。

重要なポイントとして、これも犬に限らず、ありとあらゆる競争相手が存在すること。人同士の対戦でも盛り上がるのではないでしょうか。

おまけにニアが勝ち続けていることで、無敗記録の行方でも興味を引いているようです。

一部の愛犬家の間では対ニア戦を想定して、愛犬の足の速さを磨いているとか」

はあ……そういえば確かに、たまに犬の飼い主に煽られるもんな。

とある貴人の愛犬と走った時は「うちのワンちゃんに勝てるつもりなの？」みたいなこ

とを言われたことがあるし。上から目線で。

思ったより評価が高いんだな、犬。

そういうつもりでやってなかったんだが。

元々は牧場に行ったついでで、遊びのような思い付きでやったことなのに。投げたボールを追う犬を、私が追い越して先に拾っただけの話だったのに。

「夏休み、わたくしもニアと一緒に、犬と走ったでしょう？」

「ええ、走ったわね」

挑んでくるだけあって、ヒルデトーラは速かった。八歳児にしては。

「あそこでわたくしが勝つことで、もしかしたら犬企画を横取りできるかもしれないと考えていたりもしたのです」

ああそう。

「別に好きにすればいいじゃない。真似してやってみれば？」

私は正々堂々とした野心や下克上は認めるタイプである。交渉ではなく実力でもぎ取るなら尚のことだ。

「先に言った通り、ニアだから成立するのです。ニアに負けるのはまだいいですが、犬に負けていては話になりません。あれは犬への勝率が高いことで成り立つ企画ですから」

なるほど、実力で無理だと判断したと。

「うーん……こうして考えると、本当に出ないものね」

ヒルデトーラが思い悩むのもわかる気がする。

彼女の場合、王族ゆえの格や品を求められるせいで、企画が通らないこともあるそうだから。まずやってみるってわけにもいかないようだしな。

今の私は十億クラムのことで忙しいが、魔法映像普及活動を疎かにすることはできない。十億のことだって、結局は普及活動のためのものだ。ここでヒルデトーラを見捨てるのは、却って目的に反する行為である。だからできるだけ協力はしたい。

王都放送局による名企画、か。

さて、どうしたものやら。

……うん、とりあえずだ。

「まず頭を増やしましょう」

「頭、ですか？」

そう、頭だ。新しい頭を増やして、新しい発想を出してもらおう。

それも、多少魔法映像に拘わっていて、でも情報漏洩の心配がなく、これまであまり企画発案に携わっていないだけに逆に自由な発想で考えてくれそうな人物。

つまり、我が兄だ。

困った時に意外と頼りになる兄ニールだ。

「リノキス、男子寮に行って兄を確保。リネットも連れてきて」

「はい、お任せください」

放課後の兄は毎日剣術訓練に忙しいようだが、荷物を置いて訓練着を持っていくために、一度寮部屋に戻るのだ。今なら急げば捕まえられると思う。


「――なるほど」

送り出したリノキスは、無事に剣術道場に行くところだった兄を捕まえることに成功。

兄と、兄の寮部屋にいた兄専属侍女リネットを連れて、帰ってきた。

「私で役に立てるかわからないが、せめて一緒に考えるくらいはしようか」

さすが兄、小さくとも紳士である。

「まず話を聞いてくれ」と手短に現状を説明すると、こちらの用件を快諾。今日の剣術道場行きを中止して、このまま付き合ってくれるそうだ。

「急に呼んでごめんなさい、お兄様。予定があったのでしょう?」

「気にしなくていい」

兄は紅茶を口に運ぶ。身内だけどこちらが呼びつけているので高い茶葉だ。

「呼んだのが妹であることを差し引いても、魔法映像(マジックビジョン)関連の話にはある程度拘わらないといけないと思っていた。これでもリストン家の長男だからな。

むしろ、普段(ふだん)は任せてしまってすまないと思っている。困った時くらい遠慮(えんりょ)なく言ってほしい」

うーん……。

兄は、なんだ、やっぱり可愛(かわい)いな。

急いで大人にならなくていいんだよ、とでも言ってやりたいくらいの背伸(せの)びっぷりを感じる。

まあそれを言うなら、ヒルデトーラもレリアレッドも、だいぶ大人だが。十にも満たない子供なのに、出来過ぎなくらいしっかりしていると思う。

やはり王族や貴人の子は、子供である期間を長くは許してくれないということか。

周りの庶民(しょみん)の子は、毎日元気いっぱいに意味なく走り回ってわけのわからない奇声(きせい)を上げて何が楽しいのかわからない遊びに興じているのに。

子供としてはあっちの方が正しい姿のような気もするが……いや、まあ、それこそ人それぞれか。

「ごめんなさい、ニール君。わたくしの用事なのです」

「お気になさらず。魔法映像普及活動は私にとっても無関係ではありませんので。……ところで、レリアレッド嬢は不参加ですか？」

三人セットで動いているイメージがあるようで、兄はレリアレッドの名前を出した。

テーブルに着いているのは、私とヒルデトーラ、そして兄である。リノキスとリネットは後ろに控えている。

「レリアは今忙しいのよ」

――最近とみに調子に乗っているから私やヒルデトーラを見捨てた、というだけではない。もちろんちゃんと調子には乗っているが。

「学院内で人気のある劇、本、昔話におとぎ話、絵本と、中学部や高学部にも手を広げて調べているみたい。完全に次の紙芝居の題材探しね」

私たち三人は仲間であり、ライバルである。

必要な時は手を貸すが、そうじゃなければ自分のことを優先する。

現状、ヒルデトーラの悩みは「必要な時」ではなく、その前の段階にあると思う。だからレリアレッドは自分のことを頑張っているのだ。具体的に決まれば彼女も協力してくれるはずだ。

――それに、あれもまた魔法映像(マジックビジョン)普及活動に繋(つな)がるのだ。邪魔(じゃま)する理由はない。

むしろ、負けてなるかと奮起するべき時だろう。

だからこそヒルデトーラがここにいるのだ。

「そうか。じゃあ色々と考えてみようか」

よし、頼(たの)むぞ兄。

「外へ出るのは決定なのでしょう？　時間がもったいないので、歩きながら話しましょう」

王城(いえ)から通うヒルデトーラはともかく、学院の門限がある私と兄は時間がないので、ひとまず出発することにした。

休憩(きゅうけい)がてら喫茶店(きっさてん)に入って、戦利品を確かめる流れになった。

「――いやあ、なんですね。……遊んじゃいましたね。結局」

遊んじゃったね。結局。

ヒルデトーラが登下校に使う馬車に乗り城下町にやってきた私たちは、気が向くまま興味が向くまま、メインストリートを練り歩いた。

雑貨屋に寄って買い物をしたり、本屋に寄って流行の本を見たり、服を見たり小物を見たり。魔法屋を冷かしたりもした。

ヒルデトーラが楽しそうにあっちこっちと見て回り、兄が付き従い、私は孫たちを見守る年寄りのように付いて行った。

楽しそうで何よりだったと思う。普段は撮影だ公務だと忙しいヒルデトーラなので、たまには遊んでもいいだろう。子供なんて遊ぶのも仕事の内だ。

「色々と買いましたね」

兄もヒルデトーラも、なんか色々買っていたもんな。

二人ともなんだかんだ忙しいから、あれもこれもと気になれば衝動買いしたのかもしれない。リノキスとリネットに荷物を持たせたりして。ちなみに侍女二人は別テーブルでお茶している。

「ニール君、それは?」

「父の誕生日プレゼントです。ペンですね」

そう、私もリノキスも知らなかったのだが、父オルニット・リストンの誕生日が近いらしい。

ほとんど買い物はしていない私だが、これには便乗して買っておいた。兄のと一緒に送ってもらうつもりだ。

なお、母アリユー・リストンの誕生日は冬の終わり頃だとか。

「お父様の誕生日ですか」

微笑む彼女に、私は言った。

「ヒルデは王様に何かあげたことある？」

彼女に父親の話題は禁句である。

だが、この流れで触れないのも不自然な気がして、一応話を振ってみた。

冷たい表情で「ないですね」くらいの返答を予想していたが――

「……」

冷たい表情どころか、ヒルデトーラは憎しみさえ窺えるほどに顔をしかめた。いつも快活で利発な彼女には珍しい、黒い表情である。

「一度だけありますわよ。いらないって断られましたけど。それ以来ないですね」

……予想以上に冷たい返答がきた。

あの王様らしいと言えば、らしい気もするが。

というか、本当にヒルデトーラが語る父親の話は、聞かない方がいい類のものが多いな。

もう軽い気持ちで王様のことを聞くのはやめよう。兄も引いた顔をしているし。

――一瞬空気が悪くなったりもしたが。

「お待たせしました。紅茶とドーナツになります」

いいタイミングで注文した物がやってきた。

「これこれ！　このドーナツなるものが、今庶民の間で流行っているそうですよ！」

へえ。この輪っかのパンみたいなのが流行っているのか。表面に掛かっている雪のように白い粉は砂糖だな。実に甘そうだ。

「これは……ナイフとフォークはないのかな？」

運ばれてきたのは、紅茶のカップとドーナツの乗った皿だけである。

「──それは手で持って食べるものですよ」

戸惑う兄の耳元で、隣のテーブルから素早く寄ってきたリネットが囁き、また素早くテーブルに戻っていった。ご苦労。

「──あ、なるほど」

「──へえ、こういう味ですか……」

「──うん、油っこいわね」

要は揚げたパンだな。結構重い食べ物のようだ。私の身体が年寄りだったら一口で胃もたれしていたかもしれない。

「いいですわね」

「そうですね。ニアはどう思う？」

「美味しいけど、私はもう少し軽い方が好きかも」

子供たちには……子供と隣の侍女たちには好評のようだが、私はもう少しあっさりめのものがいいな。甘い物も嫌いじゃないが、これは甘すぎる。

――とまあ、結局今日も遊び歩いて楽しかったね、というだけで終わったのだった。

「ニア。ヒルデトーラ様に話す前に、君に聞いてほしい。こういうのはどうだろう？」

いや、まさかの兄が閃いていた。

さすがは困った時は意外と頼りになる兄。助っ人の仕事をこなしてくれたようだ。

ヒルデトーラと別れた帰り道、彼は思いついた企画を私に語ってくれた。

この思い付きが、後に「料理のお姫様」という王都放送局の名企画となるのだが――

そしてこれが発端でとんでもない大事件が発生し、私には事実上の国外追放という命令が下されることになったりするのだが――

それはまだ先の話である。

ヒルデトーラと兄ニール、そして私で出掛けた翌日のこと。

今回はこちらがヒルデトーラを呼び出し、私の部屋に集まって、兄が閃いた企画の話をする運びとなった。

――なお、昨日のお出掛けの件を話したら、レリアレッドが泣くほど悔しがったので、今日は彼女も同席している。わかりやすい子である。

兄の考えは一足先に聞かせてもらったが……なかなか大胆(だいたん)な企画だった。

可愛い見た目に反して、意外と策略家なのかもしれない。

「ヒルデトーラ様の場合は、まずクリアしないといけないことが二つあります。

一つは企画の許可を得ること。

もう一つは、その企画内容に関して。

今やヒルデトーラ様は、誰もが知るほど表に出る王族。それだけに政治的判断や政治的事情が絡(から)んでくるのは仕方ないことです。

それゆえに、あまり俗(ぞく)っぽいことをされると、王族のみならず貴人諸兄方にも影響が及(およ)ぶでしょう。王族や貴人なんてあの程度、みたいに軽(かろ)んじられる原因にもなりかねません。

……今はそんなことにこだわる時代ではないかもしれませんが。でもだからヒルデトーラ様が参加できる企画が限られているわけです。

だからこそ、逆に考えてみました。

どうすれば企画の許可を得られて、自分がやるべきとばかりに企画内容を推(お)すことができるのか」

「――どうすればいいのです？」

兄の語る閃きに、ヒルデトーラはすでにグイグイ食いついている。

真剣な目が怖いほどである。

子供とは言えさすが王族、眼光が為政者の圧を放っている。

「お話を聞く限りでは、ヒルデトーラ様はよほどのことがないと、新企画には踏み込めません。正攻法ではまず許可が下りない……それこそ政治的な要因が絡まないと、認められないと思います。

ではどうするのか？

――もう許可なく撮影してしまいましょう」

「え、許可なくですか？　しかしそれでは……」

「はい。映像は使われることなくしまい込まれる、あるいは破棄されるかもしれません。

でもそれは、企画の話を出す段階でも一緒でしょう？

企画が通らないから撮影できないのではなく、撮影してからどんなものかを披露しつつ企画を提出する、という作戦です。

できあがった企画と映像に、上層部が政治的な利点や利益を勝手に見出すようなら、企画は通るでしょう。少なくとも撮影した分だけは放送されると思います」

撮影には機材も人材も場所も、ひいては資金が必要である。ただではない。

撮影した映像をそのまま企画書として提出するというのは、撮影に費やした全てをドブに捨てる可能性があるということだ。

しかも企画を通すことの利を、上層部の判断に委ねるという他力本願な面もある。

だが、ヒルデトーラの場合は、立場上正攻法ではまず企画が通らない。私なら職業訪問で全部消化できそうなものが、彼女には全却下という有様だ。

前はそれでもよかったのだろう。

対抗馬が少なかったから。

しかし、現在は私とレリアレッドの台頭で、各領のチャンネルとの競争体制もできあがってきつつある。

そして、そこに誕生した私の犬企画と、シルヴァー領の紙芝居という当たり企画。

このままでは遅れる、置いて行かれる。

ヒルデトーラの危機感は、私たちに相談しに来た辺りから、ひしひしと感じられた。

「事後報告というのは私もあまり好きではないですが、ヒルデトーラ様の場合はこれくらい変則的にやらないと、事が進まないかと思います」

「……そうですね。それに関しては考えてみましょう」

　さて、次の問題だ。

「それで、企画の内容に関する案はないのですか？」

　先の話は「企画の通し方」である。

　兄が言ったように、一言でまとめるなら事後報告という形はどうか、という話である。

「もちろんあります。ただ、ヒルデトーラ様が気に入るかどうかは——」

「構いません。何でも言ってください」

　次は、企画内容についてだ。

　比較的簡単に企画が通るリストン領やシルヴァー領には、こちらが一番気になるポイントである。

「ヒルデトーラ様が出ている番組の傾向は、庶民に接する、庶民に貢献するという、王族のイメージアップに拘わるものが多いです。公務も多いですよね。

　だからこそ、あまり低俗なことはしない方がいいでしょう。それこそ企画が通らない一番の要因になります」

　うん。

　私は彼女が出ている番組もあまり観られないが、話を聞くにそういう感じのようだ。

撮影時、私やレリアレッドが一緒の時は、私たちにヒルデトーラが付き合っている体でいろんな企画をするのだ。

実際は向こうの要望であることも多いのだが。

「その上で考えると、料理なんてどうでしょう？」

「料理……ですか？」

「ええ。昨日ドーナツを食べに行きましたよね？」

黙って兄の話を聞き、黙って兄に見惚れているレリアレッドが、苦々しい顔をする。そうだ、企画会議に欠席したから逃したんだぞ。まあシルヴァー領は今売れっ子だから仕方ないのかな！　ああ仕方ない仕方ない！

「事前リサーチをちゃんとこなしていたので、食に興味がおありになるのかと」

「興味があるというか、なんというか……」

と、ヒルデトーラの反応は微妙である。

ないとまでは言わないが、しかし強いて言うほどこだわりもないのだろう。

「そうですか。でも悪くないと思いますよ、料理。

まず撮影場所は基本台所ですから、この王都にたくさんあります。毎回目新しい料理を作れば飽きられることもないでしょう。

発想を変えれば、料理をするだけでなく、料理を振る舞う相手を撮影に呼ぶこともできる。かなり応用が利くと思いますよ。

それこそ、王族や貴人をヒルデトーラ様の料理でもてなすという形になれば、王族のイメージアップに繋がりそうですし」

ヒルデトーラがはっと息を飲んだ。

「た、確かに……料理を作る、作った料理を振る舞うゲストを呼んだり、呼んだゲストと一緒に料理するのも悪くない……」

ああ、私もやったな。王都の高級レストラン「黒百合の香り」で。

劇団氷結薔薇の看板女優になる前のシャロ・ホワイトと一緒に。やたら恋人を欲しがってるシェフと一緒にパスタを作ったのだ。

あれ以来、職業訪問でもたまにゲストを呼ぶようになったんだよな。

「……庶民の生活向上……店の宣伝……あらゆるゲストを呼べる企画……それこそ外交への応用も……政治的なイメージアップも……やり方次第であの憎きジョレスの弱みを握ることも……」

ヒルデトーラが思考に没頭し始める。

どうやら彼女の中で、これしかないというレベルでハマったようだ。……ちょっと料理とは無縁そうな不穏な言葉もちらほら聞こえたが、聞こえていないことにしておく。

「――ニール・リストン！」

しばし見守っていると、彼女はバンとテーブルを叩いて立ち上がった。

「感謝します！　成功の暁には褒美を取らせましょう！」

「あ、はい、頑張って……ください……」

兄が答えている間に、ヒルデトーラはバーンとドアを開け放って部屋を飛び出していった。前にも見たな、この光景。

私が後ろに控えるリノキスに目配せすると、言葉がなくても伝わったようで、素早く部屋を出て見送りに行った。これも前に見た通りだ。

「……まあ、気に入ってもらえてよかったよ」

突然の脱出に唖然としていた兄が、我に返って紅茶のカップに手を伸ばす。

「お疲れ様」

昨日私が聞いた段階では、もう少し漠然としていたのだが。

兄はあれから自分なりに考えを整理したようだ。

「疲れているのはニアだろう。いつもこんな感じで頭も体も使っているんだろう？　仕事を押し付けてしまっているようで申し訳ない」

いや気は遣ってても頭はあまり使ってないんだが。考えるのは放送局の人たちだから。

「気にしないで。リストン家次期当主がやることではなさそうだし」

ヒルデトーラが政治関係で動けないと言われれば、第四階級リストン家次期当主たる兄だって、軽はずみに動けない時も多いはずだ。

それこそ、跡取りではない妹の方が、動きやすいというものだ。

「でもたまには番組に出てもいいと思うわよ？」

「……考えておこう」

こうして、ヒルデトーラ主演の新番組「料理のお姫様」が動き出したのだった。

企画として立ち上がるまでに、裏でいろんなことがあったとかなかったとか。

第一回放送にしては、彼女の料理の腕がやけに手慣れていたのも、その辺が関係しているとかしていないとか。

そんな噂もあったが、ヒルデトーラは詳しく教えてくれなかった。

まあ、とにかく。

滑り出しは上々で、回を重ねるごとに順調に人気を上げていくのだった。

「ね、ねえニール様！　今日もお出掛けしましょうよ！」

「すまない。昨日休んでしまったから、今日は道場へ行きたいんだ。また誘ってほしい」

「…………は、はい」

さて。

レリアレッドもフラれたし、私も絶対やりたくない宿題でもやっておこうかな。

第二章　貢がせる

新学期が始まってしばしの時が流れた。

日常としては一学期と大して変わらないが……特筆すべきは、やはりシルヴァー領の紙芝居だろう。

案の定、あの紙芝居は流行した。

一作目の「アルトワール建国記」が終わり、早くも二作目に入っている。やはり題材選びが秀逸だったようで、実にスムーズに軌道に乗った。

今は「赤騎士物語　建国編」という連載紙芝居が始まっている。毎日少しずつ話が進む、長期放送になるであろう番組だ。

やはり題材の選び方がいいようで、アルトワール王国の建国に携わったという稀代の英雄・赤騎士ソーマの歩んだ歴史を、ドラマチックかつ繊細でダイナミックなストーリー仕立てで構成されている。

名前だけなら建国記よりも知られている赤騎士ソーマの話は、放送開始からすぐにアルトワール民に受け入れられた。

一日八回も放送があるので、観ようと思えばどこかのタイミングで観られるというのもいいようだ。

ちなみに私も観ている。

赤騎士ソーマの名前だけは知っていたが、どんな輩でどんな人生を歩んだかは知らなかったので、結構面白い。

毎日ちょっとずつ話が進むので、先が気になってもどかしいが。

明日の楽しみがあるというのは、存外悪くない。


王都放送局。

ヒルデトーラが欲していた名物企画は、まだ生まれていない。

が、その兆しはあった。

最近になって始まった、彼女が主演の「料理のお姫様」。これが早くも浸透してきている。

放送が続けばきっといい番組に育つだろう。

つい先日、寮の献立に、ヒルデトーラが番組で作っていたメニューが出て異様な盛り上がりを見せたりしたので、学院では好意的に受け入れられているようだ。

メインで活動する場が台所なので、遠出せずともここ王都で撮影できるというのも都合がいいらしい。最近のヒルデトーラは連日放課後に撮影を行っているようだ。

放送からの反響を受け、放送局は「料理のお姫様」を推すつもりだ。

ヒルデトーラも、番組を育て上げるべく全力で邁進している。

よほど事前に練習したのだろう。すでに料理の手さばきや包丁さばきが手慣れているのが面白い。

料理を始めて一ヵ月経っていないはずなのに、もう手許も見ずにシェフと雑談しながら千切りとかしているのだ。

手際もよく、もはや初心者の動きではない。

まあ、彼女自身の学習能力が高いというのもあるのだろうが。

「料理のお姫様」はまだ始まったばかりだが、今のところ成功の可能性しか見えない。

大きな失敗をしなければ、順調に名企画にまで昇り詰めそうだ。

そして私は今、学院を出て、専属侍女リノキスと城下町を歩いていた。

リストン領の撮影も順調である。

というか、夏休みの殺人的過密スケジュールをこなしたおかげで、今は結構落ち着いている。

夏に撮り溜めした番組を消化している最中なので、そこそこ余裕があるのだ。

かなり好都合だった。

一時は無茶なスケジュールを組んだベンデリオを亡きものにすることも本気で考えたが、この時間的余裕を生み出すためだったと言われれば、少しは許せそうだ。

シルヴァー領、王都と、当たり企画が生まれて焦る気持ちもなくはないが、こればっかりは私だけが悩んでもどうにもならないので、一旦置いておく。

今は、私にできることをやるのみだ。

密かに行動は起こしていた。

夏休み明けから始めた天破流師範代代理ガンドルフと、兄専属侍女リネットの修行は、もう実戦に出してもいいほどに仕上がっている。

まだ短期間しか鍛えていないが、元々の下地ができていたおかげで、割とすぐに「氣」をものにし始めたのだ。嬉しい誤算である。

特にガンドルフの伸びはなかなかだ。

リノキスとリネットは侍女仕事があるが、ガンドルフは自主的な修行の時間を多く取れるので、すでに荷物持ち以上の戦力として数えることができるだろう。

これも嬉しい誤算である。

彼にはぜひ稼いでもらって、そして貢いでもらいたい。十億ほど。

そんなことを考えながら、路地裏に入る。

向かう先は、ネズミの酒場である。


「よう。おまえが来るのは久しぶりだな」

路地裏にある「薄明りの影鼠亭」は、今日もチンピラと酔っぱらいばかりである。まだ陽も高い時間なのにな。

「こんにちは、アンゼル」

私の姿を見るなり空けてくれたカウンター席にリノキスと並んで座り、早速ジュースを作り出したアンゼルに挨拶する。

「いつもリーノが世話になっているわね。ありがとう」

リーノは、冒険家としてのリノキスの偽名だ。ちなみに学生時代はリノがあだ名だったそうなので、そっちは避けた。微々たる違いだが。

「場所を貸してるだけだ。特に世話はしてねえけどな」

――それだけじゃないことくらい、聞かなくてもわかる。

すでに何度か稼ぎに出ているリノキスは、冒険家ギルドでは期待の新人として名が売れてきているそうだ。

仲間に誘ってくる者、おこぼれを狙う者、何者かを探ろうとする者、いろんな連中がいるに違いない。

それらすべての追及の手が、拠点としているここで止まっている。

だから今も、新人冒険家リーノは侍女リノキスとして動くことができるのだ。同一人物とは知られていないから。

そしてそれは、アンゼルらの協力があってこそである。

きっとリノキス絡みで荒っぽいことも起こっているに違いない。

「それよりおまえが直接来た理由の方が気になる」

「――そうね。リリーが来るってことは、それなりの話があるんでしょ？」

酒場の従業員フレッサが合流し、リノキスとは逆の私の隣に座る。ちなみにリリーは私のあだ名のようなものだ。

「話が早くて助かるわ」

こう見えて放課後にやってきた身だ。

すぐに門限が来るので、あまり時間はない。ここは学院からは遠いのだ。

「アンゼル。フレッサ」

ようやく私の時間的余裕ができて、こっちにも手が回るようになった。

だからここに来た要件をしっかり告げる。

「私に貢いでくれない？　十億クラム」

二人は固まった。

そして、動き出した。

「……あのな。おまえが言うと、冗談でも怖いんだ。本当に怖い。そもそもそれ本気で言ってるだろ」

「あはは、そんなわけないじゃない。リリーって面白いわね。ほら、悪趣味な冗談はやめ……その感じは冗談じゃないわよねぇ……」

どうやら単刀直入すぎたようで、普通に怖がられてしまった。

アンゼルはすごく嫌そうな顔をしているし、フレッサは光を失った目で乾いた笑みを浮かべている。

「ごめんなさい、話を急ぎすぎたわ。一から説明するから」

「そうじゃねぇだろ。説明されたところで答えは変わんねぇぞ」

「十億は無理よ……私の命が百個あっても足りないわよ……」

「いいから聞きなさい」

確かに、いきなり十億貢げなんて言われれば、困惑以外の反応はないだろう。

この二人は私の強さを少しだけ知っているので、断ればどうなるか……みたいな心配もあるはずだ。

今はまだ、提案という形の脅迫だと受け止めているのだろう。

さすがに脅すつもりはない。断るなら諦める。

大金が絡むことは本人の意思で協力してもらわないと、うまくいかないだろうしな。

……そもそも脅すなら、相手が違うだろう。どうせ脅すなら十億持っていそうな相手を脅すぞ、私は。時間を無駄にしたくないからな。

「リーノが十億クラム稼ごうとしているのは話したわね？　それに協力してほしいの。これは取引よ。あなたたちが貢いでくれるなら、私はそれに見合う対価を払うわ」

「対価？」

本当に脅迫じゃないことが伝わったのか、ようやく興味を持ってくれたようだ。

「――今の百倍は強くなれるよう、私があなたたちを鍛える。どう？」

アンゼルとフレッサの表情が変わった。

「……」

「……マジで？」

どこまでも真剣に、怖いほど真剣な瞳で、私を見詰めている。

さすが裏社会の人間、こういう話には貪欲である。

今後を考えれば十億クラム以上の価値があると、すぐに理解したのだろう。

「マジよ。ちなみにリーノは、鍛え始めた頃から五十倍は強くなっていると思うわ」

ね、と聞くと、リノキスは首を傾げた。

「五十倍かどうかはわかりませんが、以前の私が今の私と勝負した場合、一パーセントの勝率もないくらいには強くなったと思います」

うん、そんな感じだろうな。私も百倍だの五十倍だのは適当だし。

「待てよ。リリーは武闘家で、リノキスもそうだよな？　俺は素手で戦うタイプじゃないぜ。それでも鍛えられるのか？」

「当然」

アンゼルは契約武装で鉄パイプを出すのだ。ちゃんと覚えているとも。

「ここだけの話……っていうかリリーは気付いていると思うけど、私は暗殺系の世界で生きてるんだけど。それでも強くなれる？」

「もちろん」

小声でひそひそと囁くフレッサについても、同様だ。

そもそも「氣」は、基本的な身体能力を向上させるのが主な効果である。誰が習得してもそれなりに役に立つのだ。

その先の応用は別の話だが。

「判断材料として、少しだけ先払いでサービスするわ。――リノキス、店を頼むわね」

「畏まりました」

奥にあるアンゼルの部屋に移動し、二人に少しだけ「氣」の話をした。

学院の門限が迫っている。さっさと用事を済ませたい私は、さっさと「氣」を体感してもらうことにした。

ある程度武に、あるいは暴力に通じた二人である。

こちらの方が言葉より伝わるはずだ。

「――はあ、なるほどなぁ」

「――わかるような、わからないような……いや、わかる、のか。確かに」

二人の手を取り、二人の中にある「氣」を操作してやる。

なんとなくわかる。

それで充分だ。常人には感知さえ難しい技術であり、だから習得もできない。

なんとなくわかるなら、習得するに足る素質が育っているということだ。

「これ知ってるぜ」

「そうね」

お、心当たりがあるのか。

「この『氣』っての、裏のトップクラスのヤバイ連中が使ってるやつだと思うわ。ほらアンゼル、本家脚龍の幹部とか」

「たぶんそうだな。リリーも奴らも強いはずだな」

ほう？　なんだ、現世にも「氣」の使い手がいるのか。ぜひ立ち合ってみたいものだ。

アンゼルとフレッサは、「氣」そのものは知らなかったが、正体不明の強さを誇示する者がいることは知っていたようだ。

こうしてネタを知るまでは、私も「謎の強さを誇るヤバイ連中」の内の一人だったことだろう。

「それが俺たちも使えるようになるのか？」

「ええ」

「確認するけど、十億クラム稼ぐのを手伝うだけでいいのね？　絶対に十億貢がないとダメ、って話じゃないのね？　手伝いだけでいいのね？」
フレッサの確認の念押しがすごい。

まあ、「十億払え」と「十億稼ぐから手を貸せ」では本当に意味が違うからな。確認するのも当然か。

「無理して稼げとは言わないわ。各々のペースでやっていいし、基本はリーノに同行して手伝ってもらう形になるから。貢いでくれるなら好きにしていいわ」

そして二人の答えは――表情を見る限りでは、聞くまでもなさそうだ。

こうして、国を挙げての武闘大会の資金十億クラムを稼ぐ計画は、秋の初めに本格的に動き出した。

◆

「――というわけで、『氣』の使い方を教えるから」

ニアと取引を行った、翌日の早朝。

まだ空が暗い時間、再びリノキスが冒険家リーノの姿で酒場にやってきた。

「おう、頼む」

薄暗い照明の中、佇む三人。

アンゼルは修行場所として、酒場の地下室を選んだ。

若干空気の淀みを感じる薄暗い部屋だが、それなりに広い。

ここはいわゆる酒蔵だ。酒の入った樽や壺を部屋の隅に寄せ、場所を確保してある。

――かつてはこの酒場で密造酒も造っていたようで、そのために間取りを広く取っているらしい。

アンゼルが買った時、ここにはよくわからない機材があり、埃をかぶっていたのだが。

それらは開店前に撤去した。

新人経営者アンゼルとしては、酒造りまで手を広げる気はない。少なくとも今は。

「やっぱりリリーは来られないの？」

「学院だから」

フレッサの質問の意味くらい、リノキスにもわかる。

暗に「リノキスは人に教えられるほど『氣』を修めているのか？」と。おまえはそれだけできるのか、と。そう言いたいのだろう。

「一から教えるわけじゃないから、私でもできるだろうってお嬢様は言っていたわ。この段階でやることは、『氣』を使うためのきっかけを教えるだけだから、って」

「きっかけ？」

「ええ。人それぞれ感覚が違うから、言葉で教える方が難しい。そもそも『氣』が感じられるくらい強くないと教えられない、って話よ」

と、リノキスは両手を差し出す。

「もうお嬢様から教わったでしょう？」

確かに教わったな、と二人は思った。

ニアが無理やり動かした、己の中にある何か。

何がどうと具体的には言えないが、アンゼルとフレッサは、確かに「氣」を感じ取ることができた。感じることができたなら教えられる。そういう理屈らしい。

「何度も繰り返して、自力で動かせるようにする。それがきっかけ。ほんのわずかでも動かせるようになれば、あとは自主訓練になるから」

リノキスもそうやって、少しずつ「氣」を習得していったのだ。懐かしい思い出である。

「おまえはどれくらいできっかけを掴んだんだ？」

「一週間くらい」

ただし、リノキスはニアと四六時中一緒だった。だから場所も時間も選ばず、この修行を行うことができたのだ。

その上での一週間だ。

しかし、この二人はそうもいかない。

リノキスはこれからまた金稼ぎの冒険に出るし、アンゼルとフレッサにも仕事がある。

付きっきりというわけにはいかない。

「一週間か……」

二人にとっては、それが基準となる期間である。

「これから冒険に出るんでしょ？」

と、フレッサは思案気な顔でリノキスの手を取る。

「もう少ししたらね」

「じゃあ私も一緒に行こうかな。稼ぐ手伝いをするってリリーと約束したし。というわけでアンゼル、私しばらく店休むから」

どうやらフレッサは同行し、手伝いがてら「氣」の修行をするつもりのようだ。

まあ、リノキスとしては拒否する理由はない。現地でこき使ってやるだけの話である。

「おいおい。抜け駆けか？」

「この身軽さと気軽さが無職の強みよね」

これが気楽な日雇いと酒場経営者の違いである。自由になる時間が段違いだ。

まあ、不思議と羨ましいとは思わないが。

「仕方ねぇな……おまえ早く習得して俺に教えろよ」

「私から学ぶなら有料よ？　当然」

「ケチくせぇな」

「逆ならアンゼルだって金取るでしょ？」

「よし、始めるか」

図星だったようだ。

――それから約一週間で、二人は「氣」のきっかけを掴んだ。

ニアの見立て通りだ。

この二人なら習得は早いだろうと見越した上で、ニア本人ではなくリノキスでも教えられると判断した。

こと武に関しての彼女の理解と見解は、確かである。


夏らしさが移ろい、すっかり秋めいてきたある日。

「様子を見に来たわ」

久しぶりに、ニアがアンゼルの酒場へ顔を出した。

出稼ぎは順調だった。

最初こそ戸惑うことも多かったが、徐々に慣れ、稼ぐ額が大きくなり、本職と副業の両立が安定してきた頃だった。

少なくとも、大きな問題は起こっていない。

「久しぶりだな。今日は一人か」

今はリノキスとフレッサ、それにガンドルフが冒険に出ている。

それとリネットという侍女もいて、時々一緒に稼ぎに出る。リノキスが不在の時は彼女がニアに付き添っている。

「私とリネット、一緒にここに来るのは避けてるの。彼女、変装なしで冒険に出てるでしょう？　関係者だと知られたくないから」

冒険家リーノの名前が売れてきているせいもあるんだろうな、とアンゼルは納得する。

この酒場にもちらほら冒険家らしき客が増えている。

恐らくリーノの動向を探りたいのだろう。そうじゃなければ路地裏の安酒場に来る理由がない。安い酒場なんてほかにもたくさんあるのだから。

こんな場所に来るのは、金のない訳ありか、裏社会に片足突っ込んでいるチンピラばかりで、客層として冒険家はちょっと違うのだ。

「……なんつーかよ」

カウンターに座るニアをじっと見ていたアンゼルは、なんでもなさそうに漏らした。

「おまえ強すぎない？」

久しぶりに見たニア。

より正確に言うなら、「氣」を学んでから見たニア。

「氣」に慣れてきたがゆえに、わかることもある。

それを理解した上で彼女を見ると……。

「よかった」

ニアは不敵に笑う。

「思ったより鍛えているわね。まだ『氣』の基礎をかじった程度なのに、私がわかるの？」

「うまく言えねぇけどな。フレッサにはわかんねぇって言われたが――」

と、アンゼルは果実を切り、搾る。

「イメージ的に、俺はその辺の連中の『氣』が揺らいでいるように感じるんだ。生き物もな。でもおまえはそれが一切ない。なんだこの安定した感じ。正直異常だとさえ思える」

「へえ」

ニアは嬉しそうだ。

かなり漠然としたアンゼルの言葉なのに、ニアには理解できるようだ。

「いいわね。あなたはもっともっと強くなるわ。断言する」

「そりゃどうも」

「一緒に血まみれの覇道を行きましょう?」

「行かねぇよ」

雑談しながらアンゼルの出したジュースを飲み、ニアは立ち上がる。

「もう行くのか? つーか何しに来たんだ?」

「弟子の様子を見に来ただけ。修行で詰まっているようなら教えようかと思ったけど、その分ならまだ必要なさそう」

「まだ教えるほどできてねぇか?」

「逆ね。順調だからこそ教えることがないの。このまま伸ばしていけば、いずれ次の段階を教えられるわ」

「そうあってほしいもんだ」

ジュース一杯分の時間を経て、ニアは酒場を出て行った。

そうして、少し静まっていた客たちがまた騒ぎ出す。

「……はあ」

アンゼルは息をついた。

ほっとした。

ニアを見て、改めて思ったのだ。

――アレは関わってはいけない奴だ、と。

あまりにも強すぎる。ほんの少しだけ「氣」を感じ取れるようになったがゆえに、より深く理解してしまった。

今の自分には理解できないほど強い。それがわかってしまった。

もし関わる前に知っていれば、どんな醜態を晒してでも逃げ出していただろう。

かつてはアレにケンカを売っていた自分が信じられないくらいだ。

一匹の蟻がドラゴンに立ち向かうくらい、無茶だったと思う。

「……今更か」

とは思うものの、もう手遅れである。

がっつり関わってしまっている。もう無関係だと主張しても誰も信用しない。自分でも無理があると思う。

こうなってしまった以上、下手に避けたり逃げるより、このままニアに教えを乞い続けた方がいくらかマシだろう。

――ああいうのほど、持ち込んでくる厄介事の桁が違うのだ。

思えば十億稼ぐというのも、結構な厄介事である。そしてすでに巻き込まれている。

自分のような常人とは、身の丈が違う。

身体の大きさではなく器の大きさという意味で。

こっちが個人同士で揉めてなんだかんだやっている間、ニアはきっと、どこぞの国を相手に揉めるだろう。

あれは一国に納まる器じゃない。

そして関わっている以上、アンゼルも巻き込まれていくのが目に見えている。

……どうにも逃げられる気がしないので、もう、半分くらいは諦めた。

一杯の安酒と一緒に、不安や心配を呑み干す。

自分が逃げてもニアは追わないと思うが、リノキスとフレッサの動向が読めない。

特にリノキスが怖い。

奴がニアの命令ではなく個人的な思想で動くとなると、命を狙われる可能性が高い。アンゼルはニアのことを知りすぎているから。リノキスが大好きなニアのことを。

フレッサとは利害関係の一致で一緒にいるだけだ。

そもそも彼女の本職は暗殺者で、仕事なら誰であっても殺しの対象になる。信用はしているが信頼はしていない。

ガンドルフとリネットは大丈夫だ。あれらは基本的には善人だから。

——不確定要素が多い以上、下手に動くのは下策もいいところだ。

だから、諦めた。

半分くらいは。

いずれリノキスやフレッサより明確に強くなったら、その時また考えればいいだろう。

それまではこのままがいい。

意図していなかったが、店を持った。

それにより裏社会からは急速に遠ざかった。あまり真っ当とも言えないが、こうして普通に酒場を経営して日銭を稼げている。利益も意外と出ている。裏時代のコネが案外役に立っていて仕入れも楽だ。

なのに。

あの頃より、今の方が、よっぽど危険と隣り合わせな気がする。

「はあ……まずい酒だぜ」

アンゼルのつぶやきは、喧騒の中に埋もれて消えた。

◆

これからしばらく会えなくなるから、基本的な「氣」についてのおさらいをするわね。

「氣」は八つの要素で成り立っているの。

大まかに「内氣」と「外氣」という二つの括りで、それぞれ四つに分かれている。

「内氣」が四つ。

「浄氣」「硬氣」「柔氣」「流氣」。

「外氣」が四つ。

「斬氣」「兆氣」「打氣」「呼氣」。

そして九つ目の……いや、それは己の力で辿り着くべきものだから、やめておくわ。

「内氣」と「外氣」には、元からそれら四つの要素が含まれていて、技を使う時に最適な割り振りを自分で調整するのが原則なの。

例えば「氣拳・雷音」なら、「内氣」の「柔氣」と「流氣」の割り振りを大きくすることで成功する。

ん？　理想の割り振り？

私なら「硬氣」で拳を硬くし、「流氣」に大きく振って速度を上げて、「柔氣」で動きと他の「氣」の緩衝を促す。

言っておくけどリノキス、「流氣」の極振りで「雷音」に成功しても、それは成功ではないから。

当てた相手が「硬氣」で対抗したら、確実に拳が砕けるわよ。速度は諸刃の剣であることを憶えておきなさい。

——それにしても、偶然とはいえバランスがいいわね。

リノキスは「流氣」。

リネットは「柔氣」。

ガンドルフは「硬氣」。

アンゼルは「硬氣」と「流氣」で、フレッサは「柔氣」と「外氣」の素質が高い。

見事にばらばらというか、足りない部分を補える関係ね。

それぞれもう基本は教えてあるから、あとは修行あるのみよ。

……なんて、今更言う必要もなかったわね？

皆真面目な顔で聞いていたので、一応念押しした甲斐はあったかな。

めっきり寒くなってきた、冬休み直前のある日。

ようやく稼ぎ手どもが一堂に会する場が設けられた。

秋から始まった「氣」の鍛錬と、出稼ぎと。

やることがとても多くなった秋は飛ぶように過ぎてゆき、あっという間に学院は冬期休暇を間近に控えていた。

この前夏休みが終わったと思ったら、もう冬休みである。

日々が充実していたと言えば聞こえはいいが、やることが多すぎて仕方なかった。時々様子を見に行ったおかげでアンゼルとフレッサの直接的な指導はほとんどできなかった。時々様子を見に行ったが、それも数える程度だ。お互い仕事ややるべきことがあるので時間が合わなかったのだ。

もうすぐリストン領へ帰省するので、その前に。

それぞれ出稼ぎで顔を合わせることはあったが、改めてということで、同じ場所と同じ時間に、全員を集めてみた。

場所は高級レストラン「黒百合の香り」の個室。

目立ちそうだったので、アンゼルの酒場に集まるのは避けた。

たくさん頑張ってくれた弟子たちへの労いの気持ちもあるので、今日は私の奢りだ。

まあ、厳密に言うと弟子はリノキスだけだが。

しかしほかの四人も、もはや弟子と言っていいくらいの存在である。

そんな弟子たちが、今、同じテーブルに着いている。

「今どれくらい貯まってるの？」

フレッサの疑問は、ほかの者の疑問でもあったようで、リノキス以外の全員が私を見る。

目指す十億クラムにはまだまだ遠いが、この数ヵ月、皆しっかり頑張って稼いでいる。

だから気になるのだろう。

「一千万は超えてるだろ」

料理を食べるアンゼルのテーブルマナーは、なかなか様になっている。

裏社会で生きてきたせいか、割と身形には気を遣っているアンゼルとフレッサは、黒いスーツでやってきた。

アンゼルのことは知っているが、実はフレッサも以前はボディガードをしていたらしい。道理で二人ともボディガード感が強い格好である。

「どうなの？」

集まる皆の視線は、隣に座るリノキスに投げる。

その辺の管理は全部リノキス任せなので、私も知らないのだ。数字なんて嫌いだし、数学なんて大嫌いだしな。

「皆さんから預かったセドーニ商会の証文を全部合わせると、だいたい二千万弱ですね」

おお、なかなかの稼ぎ。

さすがリノキス、ちゃんと把握していたか。不信感は強いができる侍女だ。

「このペースでは全然間に合いませんね」

……十億ってとんでもない大金じゃないか。まったく。安請け合いしてしまったものだ。

「しかし、冬休みは師が稼ぎに出られると聞いております」

安物だが一応ドレスコードを気にした一張羅スーツが似合わないガンドルフが、「俺もぜひ同行したいです」と瞳を輝かせている。

まあ、そんなに期待した目で見られても、同行は無理だが。

「計画自体は少し話したわよね？　本決定したから通達しておくわ。私は冒険家リーノの付き人として、飛行皇国ヴァンドルージュへ出稼ぎに行ってくるから」

冬休みを使って隣国へ行き、そこでしっかり稼いで来ようと思っている。

稼ぐ以外の目的も、二つほどある。

一つは、来る二年後の武闘大会に向けて、リノキスの名を売ってくること。

もう一つは、私が動ける場に行くこと。

秋の活躍のおかげで、冒険家リーノは有名人となっている。新人にしては異例の強さで魔獣を討つ者として、かなり評判になっている。

アルトワール王国周辺では何かと注目されてきているので、私が同行するのが難しくなったのだ。私の正体が知られるとリストン家に迷惑が掛かるからそれは避けたい。

だから、他国へ行く。

金になりそうな魔獣もチェックしてあるので、冒険家リーノの名前を盾にして、裏で私が仕留めて荒稼ぎしようと思っている。個人的にも楽しみだ。私だって弟子たちのように暴力を振るいたいのだ。

「単純計算で三億くらい稼げるみたいよ」

「最大で、ですからね。都合よく上級魔獣と遭遇できて、想定した通りの日程で規定の数を仕留められれば、ですからね」

わかっているとも。

とりあえず一億クラムも稼げれば充分だ。

「さすがリリーね。小さいのにやることが大きいわ」

そう言ったフレッサは、なぜだか呆れているように見えた。

食事が終わり、「あとは気楽にやりなさい」と少し金を渡して解散とした。ここからはどこぞで呑むなりなんなり好きにすればいい。

肩の凝るような飯では労いにならない者もいるからな。

アンゼルとフレッサとガンドルフは、案の定呑みに行くようだ。リネットは兄専属侍女なので、これから学院に戻るそうだ。

「ではお嬢様、行きましょうか」

「ええ」

私とリノキスも行動を開始する。

今日の私の予定は、なしだ。本当に久しぶりの真っ新、空白となっている。なのでこれから細々した用事を片づけるつもりだ。

まずはセドーニ商会へ向かう。

もうすぐ冬休みで、リストン家に帰るのだ。両親や実家の使用人たちに土産でも買っていく予定である。

挨拶がてらの顔出しである。ヒルデトーラの紹介で付き合いが始まったセドーニ商会には、とても世話になっている。冬休みの出稼ぎでも頼る予定なので、挨拶くらいはしておきたい。

「――ようこそ。少々お待ちください」

本店に入るなり、すっ飛んできた店員がそう言って奥へ消えた。

上役を呼びに行ったのだろう。対応が早い。

「お嬢様、あれ」

「ああ、あれが例の」

雑貨系が中心の店内入り口付近、奥に行くほど高級品があるのだが。

リノキスが指差す先に、特設コーナーができていた。

「噂に聞いた『お姫様グッズ』ね」

学院でちょくちょく聞いていたものだ。

夏休み明けから始まったヒルデトーラ出演の番組「料理のお姫様」は、順調に人気を上げている。

その結果が「お姫様グッズ」。

要はヒルデトーラと番組にちなんだアイテムである。

非公式……俗にいう偽物、パチモンは、私やレリアレッドのものもそれなりに出回っているのだが。

これらは公式のものになる。

ヒルデトーラ仕様の大人用包丁、調理器具、エプロン、オリジナルスパイス、文具等々。

文具は関係ない気が……いや、そういえばヒルデトーラは料理人の言葉をよくメモしているな。あの辺もグッズにしたのか。

一番の売れ筋は、薄いレシピ本か。

――「今日はシンプルな温泉卵とイーヒー地方風シチューを作りたいと思います」

そして魔晶板で流れ続ける「料理のお姫様」の販促映像。この回見たな。泥みたいな硬

いシチューに温泉卵を混ぜるんだ。軽く混ぜ合わせて、卵の風味を残しつつ食べるのだ。旨そうだった。

……売れてるなぁ、企画。

売れてるし売ろうとしてるなぁ。

とりあえずスパイスとレシピ本は買って帰るか。リストン家のシェフの土産に丁度いい。

「お嬢様、隣が」

「そっちはいいわ」

「お姫様グッズ」の隣には、大々的な紙芝居特設コーナーがある。探すまでもなく目に入る大きな特設スペースだ。

シルヴァーチャンネルが当てた紙芝居番組のグッズがずらりと並んでいる。

でも、そっちはもう見飽きた。

学院でも持っている生徒が多いからな。レリアレッドもこれ見よがしに見せつけてくるし。くれるから私の部屋にもあるし。

…………。

赤騎士ソーマの木彫り人形はあるか？　兄がやたら欲しがっていたが……うむ、入荷待ちか。相変わらず大人気だな。

「お嬢様、ここを」

そして特設じゃないが私のグッズもある、と。当たり企画がないからグッズが少ない。

「私もう関係ないわよね」

似顔絵なんかはわかるけど、木彫りの犬の人形はなんなんだ。私が走り勝った犬？　やめろよ、飼い主が傷つくだろ。……結構売れてるのか？　やたら数は多いが。

「――ニア様、お待たせいたしました」

そうこうしていると、上役がやってきた。

「お久しぶりです、ダロンさん」

老執事（しつじ）という感じの初老の男である。

役職や肩書き（かたが）は知らないが、大店（おおだな）であるセドーニ商会会頭マルジュ・セドーニの右腕（みぎうで）、と言われている男だ。きっと幹部的な椅子（いす）に座（すわ）っているのだろう。

「申し訳ありませんが、会頭は外出しておりまして」

「いえ、いいの。わざわざ時間を作ってもらう用事はありませんから」

やってきた用事は、ただの顔見せ。ただの挨拶（あいさつ）だ。

いないならいないでいいのだ。いたとしても時間を取らせるつもりもないしな。

「夏からずっとお世話になっていますから。だから帰郷する前に感謝の気持ちを伝えに来ただけです。忙しい商人の時間を取らせるわけにはいかないわ」

「そうですか。会頭なら喜んで会いますが」

社交辞令だな。

まあ、そうであろうとなかろうと、そもそも会うほどの用事がないのは本当だ。

「ダロンさんからよろしくお伝えください。冬の遠征もよろしくお願いします」

「はい。確かに伝えておきます」

よし、これでここでの用事は済んだな。リストン家への土産を買って引き揚げよう。

「それにしてもなかなかのペースで稼いでおりますな」

ん？

ああ、十億の件か。

もう弟子たち任せにしているので、私は本当に何も知らないんだよな。今二千万くらい稼いでいる、というのもついさっき知ったところだ。

聞いても羨ましいだけだからな。私だって魔獣を殴り殺したいのに。……まあ、順調に進んでいるなら文句はない。

「使い道はお決まりで？　よろしければそちらの方も私どもがお手伝いいたしますが」

うむ、執事っぽいが彼も商人だな。十億で何をするかが気になるか。

そりゃそうか。十億クラムもの大金が絡むなら、どこかで儲け話を挟み込めそうだもんな。商人なら気にして当然だろう。

だが、今は話せない。

そもそも十億の使い道を厳密に言うなら、武闘大会の資金として王様に渡す、だ。使い道と言われるとちょっと違うんだよな。

まだほんの二、三ヵ月の付き合いなのに、セドーニ商会にはとても世話になっている。だから少しくらいは彼らも儲けさせたいところだが……。

――まあ、十億どころか一億も稼いでいない現状である。話せる段階にないな。

「ごめんなさい。子供だから難しいことはわからないわ」

とても誤魔化しておくことにした。

……一瞬目を見開いた辺り、彼にとっては予想外の返答だったのかもしれない。おいおい、見ての通り子供だろ。驚くような返答じゃないだろ。

「それより実家にお土産を買っていきたいの。何かおすすめの品はありますか？」

「は……こほん。今はそちらの商品がよく売れておりますよ」

言葉に詰まったのを咳払いで誤魔化し、ダロンは営業スマイルで「お姫様グッズ」と「紙芝居グッズ」を勧めてきた。

紙芝居の方は間に合っている、と伝えておいた。

そんなこんなで二学期が終わり、今回も兄ニールの飛行船で一緒に帰省した。

冬休みにまとまった休日を得るために、私は再びあの地獄へ舞い戻ることになる。

「——待ってたよニアちゃん！　さあ行こうか！」

リストン邸のある島に到着するなり、待ち構えていた顔のくどいベンデリオに捕まり、撮影班用の飛行船に連れ込まれた。

数ヵ月ぶりに帰ってきたのに屋敷に入ることさえ許されないまま、地獄の撮影スケジュールに突入する。

夏の再来と言わんばかりに。

……本当に忙しくなったものだ。病床に臥していた頃が懐かしいくらいだ。

◆

最初は世迷言。

次が厄介事。

そして今は、どこまでも商魂を揺さぶってくれる最上級のお得意様だ。

セドーニ商会の会頭マルジュ・セドーニは、気が付けば執務室の棚の引き出しに分厚く積み上がっていた証文の束を見て、ごくりと喉を鳴らした。

夏から始まった、ニア・リストンとの取引。

証文を見るたびに思い出し、思い出しては嫌な汗が出てくる。

マルジュは学院の小学部を卒業して、すぐに親の手伝いとしてセドーニ商会で働き始めた。使いっ走りの下働きからだ。

あれから約四十年。

中堅所だった店は少しずつ大きくなり、今ではアルトワール王国で一、二を争うほどの大商会になった。

跡取り候補だった兄と姉は、当時では大金が必要だった中学部まで行かせてもらったが。

なんの因果か、期待されていない末の息子が店を継ぐことになり、今に至る。

四十年。

いいことも悪いこともあった。騙されたことも、見抜いたことも、予想外の利益を得たこともあった。事故により大損害を出したこともあった。

いろんなことがあった。

自分には類稀な商才があった、なんて己惚れるつもりはない。

信の置ける部下と、落ち込んだ時に支えてくれた家族と、商いの神様を振り向かせる持ち前の強運とで、商会は成長してきたと思っている。

ここ十年ほどは特にミスもなく、地に足を着けて、着実かつ安定して儲けを出してきた。

――ここ十年なかったミスを起こしかけたのが、ニア・リストンとの交渉だ。

そしてこの証文の束である。

儲けは大きい。

だが、それより何より、もしも――

もしもあの時、ニア・リストンの話を断っていたら。

きっと今頃、自分はここにはいない。

商会は少しばかり傾き、あらゆるところへ奔走していたことだろう。

「――はあ……ふぅ」

大きく息を吐いて、また一枚証文が積み上がった引き出しを閉じる。

重く感じるのは、物理的な重量のせいではない。

本当に、何度思い出しても、己の失態に顔を覆いたくなる。

――「お嬢様。ここは子供の妄想を聞く場所では……」

ニア・リストンと交渉していたあの時、己の口から出た言葉に、今でも後悔で震える。

もし言葉の全てを吐いていたらどうなっていたか……。

恐ろしすぎて考えたくもない。

お得意様である第三王女ヒルデトーラの手紙を持ってきたから会ってみた、ニア・リストンという子供。

魔法映像によく出ているリストン家の娘、くらいの認識だった。魔法映像関連には強い興味と感心を向けているので、いずれうちの商品でも持って出てほしいな、と思う程度のものだった。

独特の白い髪も客寄せには便利だろうな、と。その程度だ。

そして、突然やってきたその子から語られた話の内容は、耳を疑うどころか、鼻で笑うしかないものだった。

――二年で十億クラム稼ぎたい。

――その手伝いをしてほしい。

六歳の子供からこんな要求を聞かされれば、鼻で笑うのはあたりまえだと思う。大人なら当然で、商人なら尚更だ。金を稼ぐ苦労なら商人が一番よく知っているのだ。

もし本気で言っているなら、頭が残念な子だとしか思えない。もしくは相当な世間知らずか、だ。

だからそういう対応をしようとしてしまった。

途中で、ヒルデトーラがわざわざ手紙を書いたことと――ニア・リストンの後ろに立っていた侍女が尋常じゃない目で自分を見ていることに気づき、口を噤んだのだ。

あの時の侍女の目は、異様な迫力があった。まるで詐欺にあって何もかも失い、もはやこれまでと詐欺師と差し違える覚悟を決めた債務者のようだった。

商売柄、脅迫にも恫喝にも慣れていた。荒事もたくさん経験してきたマルジュでさえ、腰が引けるほどの本気を感じた。

本気で殺されるかもしれない、と心の底から思った。

口を噤み、更に話を聞こうとした自分の判断は、もしかしたら四十余年の商人人生で一番の幸運だったのかもしれない。商いの神様が導いてくれたのかもしれない。神なんて信じていないが、信じたくなる出来事だった。

「――すごいですな。冒険家リーノと、その仲間は」

証文を持ってきた己が右腕ダロンが、引き出しを閉じたまま止まっている主の背中に声を掛ける。

そして、鮮明に思い出せる三ヵ月前の過去に囚われていたマルジュの時が動き出した。

――今しがた、また冒険家リーノの仲間が、仕留めた魔獣の換金を行ったのだ。

その証文を重ねたところだ。

「これで二千万超えたな」

マルジュは書類仕事が溜まっている机に戻る。

「早いな。あれからまだ三ヵ月しか経っていないのに」

二年で十億クラム貯めると言ったニア・リストンの言葉は、本気だったということだ。

セドーニ商会の請け負った仕事は、冒険家リーノとその仲間が浮島に行く際の飛行船の手配と、回収した魔獣や魔石などの換金。それと換金した金の貯蓄と管理である。

冒険家ギルドと魔獣素材換金の交渉をしたり、足となる飛行船を準備したりと、いわゆる煩わしい雑事全般を担っている。

その際、費用とは別に全てのことから少しずつ手数料を貰っているので、セドーニ商会には損はない。というか得をしている。稼いでくれればくれるほど儲かる仕組みで、商会が損することはないのである。

「言ったでしょう？　あの子はやる子ですよ」

マルジュは子供の戯言だとしか思えなかった。

が、マルジュから話を聞いたダロンは、「それは受けてよかった話だと思います」と意見を述べた。

新しい店を持たせようとしたのに、マルジュの傍にいることを選んだ、信の置ける部下。

下働き時代からの同僚で、自分とほぼ同じ境遇と環境で歳を取った、部下にして友人のダロン。

彼が言うなら間違いないと思い――それが正解だったと今ではわかる。

「うち以外の商会と手を結んでいたら、終わっていたかもな」

三ヵ月で二千万稼いだのだ。

実際にやってみせているのだ。

もしかしたら、なんかじゃない。本当に二年で十億稼ぐ可能性が、不可能ではない可能性が、こんなにもはっきり見えている。

こんなに稼げる上客を逃せるわけがない。

儲けも大きければ、逃した損害なんて考えたくもない。よそに取られなくて本当に幸運だったと思う。

それに――大きな疑問が二つ残っている。

「十億の使い道は、何か聞けたか?」

「いいえ。それとなく話は振っているのですが、手応えはないですな」

十億クラムは大金だ。真っ当に働いて稼げる額ではない。

そして「二年で貯める」という制限までついているとなれば、すでに使い道が決まっていると考えるのが妥当。

そこにもまた儲け話の匂いがする。

十億動くほどの使い道となれば、かなり大きな儲け話だ。

「私の見立てでは、そもそも本人たちも知らないのではないですかな」

「そうか……まあ、王族が関わっているなら、いずれそっちから話が来るかもしれんな」

第三王女ヒルデトーラが絡んでいることは確定。

直筆の紹介状まで書いているのだ、彼女は十億クラムの使い道を知っていると思う。

だがそれよりも、あのヒルデトーラが、ただの善意や厚意でニア・リストンを紹介したとは思えないことの方が重要だ。

あの王女は、子供ながらに非常に聡く、すでに己の行動理念を強く持っている。

彼女は、王族の利を最優先で考えている。

それを知っているがゆえに、そんな彼女が動いているなら……今後王族が利を得んと動き出す可能性は高い。利益が望めるから紹介したのだ。

だとすれば――十億クラムの使い道は、王族が動くほどの儲け話だ。国を挙げて行われる何か、ということも考えられる。

使い道をいち早く知ることができれば、十億クラム以上の儲けが出るかもしれない。

……と、こんな推測が立てられるのも、ニア・リストンの要請を受け入れたからである。

そう思うと、やはり嫌な汗が出る。

――本当に断らなくてよかった、と。

「ああ、そうそう旦那様」

最近では、ニア・リストンのことを振り返るたびに胃がうずくようになったマルジュに、それを知ってか知らずかダロンはのんびり言葉を発する。

「ニア様が挨拶に来ましたよ。実家に帰省する前に、と」

「お？　約束していたか？」

「いえ、ただ挨拶しに来ただけだから約束はしなかった、と言っておりました。手伝いありがとうございます、冬の遠征もよろしく、と伝言を残していきました」

――そう、目下もう一つの大きな疑問はそれだ。

「ヴァンドルージュ行きの超高速船は手配してあるよな？　用意できているか？」

隣国に何をしに行くのか？

もちろん金を稼ぎに行くのだろう。

ただ、なぜ隣国で稼ぐのかが疑問なのだ。

アルトワールではできないような、大きな事を起こしに行くのではないか。否、それ以外考えられない。

──ここにもまた、大きな儲け話の匂いが立ち込めている。

許されるなら同行したいくらいだが……立場上、何日も店を空けることはできない。

「ええ、万事問題なく。あとは入国許可証を準備し、燃料を積むだけですな」

「リーノをセドーニ商会の護衛として同行させる、これで入国許可を申請しろ。滞在日数も予定通りだな？　冒険家ならばこれでよかろう。彼女の仲間が数人同行するかもと言っていたな？　飛行船の乗組員として登録しておけ。向こうでの活動は向こうの支店に任せよう」

「ではそのように」

ダロンは一礼し、部屋を出ていった。

一人残され、静まり返った執務室。

マルジュは手を伸ばし、脇に浮いている魔晶板を点けた。

──「今日は第七階級貴人タラタラン家の愛犬、パックちゃんと競争します！」

「……」

マルジュはそっと魔晶板を消した。

自業自得でしかないのはわかっているが。

それでもやはり、もう少しだけ、今はニア・リストンの姿は見たくない。
胃が本格的に痛くなりそうだから。

夏休みと違い、冬休みは短い。

その短い期間の数日を捻出するために、当然のように撮影スケジュールは過密を極めた。

本当に夏の地獄の再来だった。

いや、期間が短い分、夏よりもっと過密だった。もっともっともっとぎゅうぎゅうにスケジュールを詰め込まれていた。

もはや寝るためだけの帰宅。

私はこの冬休み、両親と兄には数えるほどしか会っていない。ゆっくり話をする時間もなかった。食事の時間さえ家族で揃うことはなかった。

あの夏を共に生き抜いた、戦友たる撮影班もひどいことになっていた。

終わらない撮影、蓄積する疲労に顔色が悪くなり、できたての恋人に会えないつらい日々に何度も泣きながら逃げようとしたメイク。もちろん捕まえた。

過密スケジュールに心を殺され、何をしても死んだ目で淡々と仕事をこなしたカメラ。

まるで幼少の頃に親を殺されたショックで感情を失った暗殺者みたいだった。

そして、気が付けば娘の手作りのお守りを虚ろな目で見ている現場監督。

ほかのスタッフからも「こんな仕事辞めてやる」だの「ベンデリオ……！」だの「ニアちゃんが風邪ひいたってことにしてこのまま全員で旅行に行かない？」だの。

悪態、言葉にならない憎悪、抗い難き悪魔の囁きと、人間の本性が垣間見える極限状態に陥ったりもしたが。

それでもなんとか、なんとか今回も乗り切ったのだった。

――うん、いずれ旅行は行こう。温泉地に撮影で行って、そのまま泊まるスケジュールを組ませよう。言っておくから。ベンデリオは許さないから。

十日で二十六本撮り、完了。

これでなんの憂いもなく、捻出した数日でバカンス――もとい、出稼ぎに行ける。


「ニア、ヒエロ様によろしく伝えてくれ。娘を頼むよ、リノキス」

「はい。行ってきます。お父様、お母様。お兄様」

まだ空も暗い早朝、玄関先で家族に見送られ、私とリノキスは港へ向かう。

慌ただしい冬の帰省が終わったところである。

　今回出稼ぎに行く予定の隣国ヴァンドルージュは、さすがに両親に黙って行くには遠く、また貴人の娘という身分が安易な国境越えを許さなかった。

　正式な手続きはしたものの、お忍びという形で行くことになっている。名は伏せて行動するので、大っぴらに振る舞わなければ貴人の娘とは思われないだろう。

　一応セドーニ商会にも、表向きの入国許可証を用意してもらっている。国が関わる大事件でもなければ、私のことはバレないはずだ。

　貴人のお忍び訪問は、高いレベルで秘匿される。それこそバレたら国際問題になりかねないほどに。

　一度でもそんなことがあれば、今後は各国の要人が安心して行けなくなるからな。

　まあ、十億クラム稼ぐだの魔獣を狩るだのの裏の事情はさておき。

　言ってしまえば隣国への旅行である。ゆえに両親を説得する表の理由が必要だった。いくつかの闇闘技場のように黙っていくわけにはいかない距離だし。泊まりだし。子供の外泊を何も知らないで許可するわけがない。

　理由はちゃんと用意している。

　さすがに馬鹿正直に「稼ぎに行く」なんて話せないからな。

　一つは、ヒルデトーラの兄にして王都放送局局長代理である、第二王子ヒエロ・アルトワールへの挨拶だ。

これはヒルデトーラに頼んで、ヒエロ側から「ぜひニア・リストンと会ってみたいので、もしよかったら冬休みの旅行がてら会いに来ませんか？　私はヴァンドルージュにいますので」と、お誘(さそ)いの手紙を貰った形にしてもらった。ちなみに会ったことはない。

貴人である以上、王族の誘いとなれば相応の理由がないと断りづらい。更に言えば、私が乗り気なので両親は承諾(しょうだく)した。

もちろんと言うか当然と言うか、いつでも仕事に忙しい両親の同行はない。今回は兄も同行しない。

お忍びで、しかも数日だけしかヴァンドルージュに滞在できないので、私とリノキスのみでさっさと行ってくることになった。

まさに計画通りである。

ヒエロは現在、飛行皇国ヴァンドルージュで魔法映像(マジックビジョン)の売り込みをしている。

元々皇国側は魔法映像(マジックビジョン)に強い関心があったそうで、それならとヒエロは何度か現物を持ち込み、直接向こうに見せに行っているそうだ。

魔法映像(マジックビジョン)の技術は、それこそ十億クラムでは足りないほどの莫大(ばくだい)な資金で売り出しているので、一国の財布(さいふ)でも軽々しく導入はできないんだとか。

ヒエロが何度も足を運んで営業しているのは、導入反対派を説得するためと、出資者集めのためである。

出稼ぎという目的のため、私はどうしてもヴァンドルージュへ行きたかった。だからヒルデトーラの伝手で、ちょうどその時期に皇国へ行く予定だった第二王子ヒエロに協力してもらった、というわけだ。

実際挨拶にも行くことになるが、お互い忙しいので、すぐ終わらせて別れる予定である。あくまでも私が隣国へ行く理由でしかないから、挨拶だけで済むはずだ。

それと、これ幸いと両親から念を押されたことがある。

飛行船の下見である。

飛行皇国と言うだけあって、ヴァンドルージュは高度にして緻密な独自の魔法技術で、他国の追随を許さない高性能の飛行船を造ることができる。

前から少し話は出ていたが、両親が私に贈ってくれるそうだ。

結局話がまとまらず先延ばしにされていた私への入学祝いが、こういう形で回ってきたわけだ。

兄の所有する懐古趣味な飛行船も、ヴァンドルージュ産である。

向こうの国ではよくある平凡な性能の船なんだそうだが、それでもアルトワール産と比べれば非常に性能がいいらしい。

「ヴァンドルージュに行くなら丁度いい。行ったついでに欲しい船を見付けてきなさい」と父親に言われた。

「跡取りなら見栄も必要だろうが、そうじゃない子供には過ぎた贈り物だ」と断ろうとしたら「子供が遠慮するな」と普通に言われて、受け入れることにした。

そう、子供が遠慮するものではない。

家族だから、私が両親の子供だから。だから彼らは私が撮影に忙殺されるのを強く止めることをしないのだ。

これが私の意思で、その意志を尊重してくれているから。

どんなに無茶なスケジュールだろうと、私が拒否しないから口を出さないし止めないのだ。まあ愚痴は言うがな。ベンデリオは許さない。ほんとに許さない。

だから、そう、子供だからこそ受け取らねばならない。

それが家族だから。

まあ、今後しっかり働いてしっかり返そうと思う。実際のところ私専用の飛行船があると助かりそうだしな。

出航準備が済んでいる兄の飛行船に乗り、まずはリストン領の本島へ舵を取る。

本島には撮影で何度も来ている。見慣れた港である。

「それではお嬢様、お気をつけて」

兄の飛行船は、港で私たちを降ろして、すぐに引き上げていった。

さてと。

港の朝は早い。まだ暗く人が少ない内に、さっさと着替えてしまおう。

吹きすさぶ寒風から逃げるようにして、立ち並ぶ倉庫の裏側に回り、着ている服に手を掛けた。

薄く動きやすい稽古着に着替え、髪染めの魔法薬で手早く髪を黒く染める。

これで、かつて闇闘技場に行ったあの時の幼児の出来上がりだ。

「――それじゃリーノ、これからよろしくね」

私が変装を終えた頃。

リノキスも侍女服を脱ぎ、駆け出し冒険家っぽい身軽な格好に着替えていた。

「――ええ。よろしく、リリー」

ここから先は、ニア・リストンと侍女リノキスではなく。

冒険家リーノと付き人のリリーだ。

さあ、セドーニ商会が用意しているヴァンドルージュ行きの飛行船へ向かおう。

「そういえば言っていたわね。最新の高速船を用意するって」

リノキスの言葉に、私の戸惑いは晴れない。

……最新の……高速船……。

「これは飛行船なの？」

見たことのない形の飛行船だ。

流線形と言えばいいのか、それともペン先型とでも言えばいいのか。

私たちの前に停泊している飛行船は、棒のようだった。先端をゆるく尖らせた金属棒を切断したような、シンプル過ぎる形状をしていた。

全体が金属でできているようで、その中に乗り込むらしい。

……金属でできていることも不安だが、それより何より船の形をしていないのが不安だ。

一応窓はあるので外は見えるようだが、こんなに閉鎖的な船で大丈夫か？　進行方向や周囲が何も見えないのではないか？

大きさは中型船より少し小さめだろうか。風を突き抜けて行きそうな形からして、速度は出そうではあるが。

それより何より、とにかく奇妙で奇怪な形が気に掛かる。

「速度重視の形なんでしょ。何かを模したとか」

速度重視。何を模した。

……あ、なるほど。生き物の形と考えれば合理的かもな。

少しだけ納得できた。

この形の飛行船は見たことがないが、この形の生き物なら見たことがある。——生き物の動きを模した拳法も珍しくない。ならば合理性や利便性を求めて生き物の形を真似ることもあるだろう。

「リーノさん！　待ってましたよ！」

変わった形の飛行船の前で立ち尽くしていると、身形のいい中年の男がタラップを下りてきた。

「もう出発しても大丈夫ですか⁉　あ、そちらの子が同行するんですね⁉」

リノキスこと冒険家リーノが頷くと、男は「さあさあどうぞ！　もう出発できますよ！」と船の中へと誘う。

この様子だと、リノキスとこの男は顔見知りだろうか。セドーニ商会の者であるなら、その可能性は高そうだ。

高速船に乗り込んだところで、冷たい外気が遮断された。すぐに出入り口は閉められ、外ではタラップが取り外されている。

どうやら私たち待ちだったらしい。こんなに朝早いのにご苦労なことだ。

船内は……やはり、なんというか狭苦しいというか、閉塞感が強い。天井が低いせいもある。きっと上下層でスペースが分かれているのだと思う。

金属面の壁にパイプも剥き出しなので、私のような古い人間は不安を煽られる。相変わらず金属が空を飛ぶなんて信じられないのだ。まあ最悪墜落しても私は死なないが。

「変わった形の船ですね」

寒風避けの外套を外しながら言うリノキスに、男は「飛行皇国の最新型ですよ」と実に得意げな顔で応えた。

「こいつは本当に速いですよ。速く飛ぶことだけを目指して製造された船ですからね」

その辺のことは、事前に少しだけリノキスから聞いている。

通常の飛行船なら、途中の補給時間を含めて三日から四日の航行でヴァンドルージュに到着する。

だが、今日乗る予定と聞いていたこの最新型は、一日くらいで到着するそうだ。

「この時間でここからなら、夕方過ぎには到着しますよ」

なんと。到着は夕方だと？

だとすると、移動時間はほぼ半日か。通常の飛行船より速い船を用意する、というセドーニ商会の話を前提にして日程を組んではいたのだが……。

半日で到着するなんて、想定外にして異例の速さである。

もちろん嬉しい想定外である。

ヴァンドルージュでの自由時間が増えるのは歓迎でしかない。ただでさえ向こうでの滞在期間は短いのだから。

「そんなに速いんですか？」

「驚きますよね？　また世界は狭くなった」

世界は狭くなった、か。

飛行船が生まれた後、初めて歴史に名を刻んだ空の盗賊、いわゆる最古の空賊ディミアロの言葉だ。

浮島間の移動手段が少なかった時代、あらゆる国で、島から逃亡する方法がない民は圧政に苦しんでいた。

それを解放して回ったのが、空賊ディミアロだ。

民は土地の血液――と言ったのは、ヒルデトーラだったな。

彼女の言葉に則るなら、ディミアロは国の血液を自分の船に乗せ、連れ去ったのだ。圧政、独裁者、困窮に飢餓、それらに蝕まれた島から血液を抜いてしまった。

それが発端となり、次々と後追いの空賊が台頭。至る所で戦のない反乱——わかりやすく言えば国からの夜逃げが始まった。

その結果、もっとも大きな被害を受けたのが、天空帝国ミスガリスという国だ。当時は世界の三割を支配していたという大国ミスガリスは、戦うことなく滅んだのだ。

——かの国を動かしていた血液がなくなってしまったから。

決定的な物資や食料の枯渇で内乱が起きたのだろうと、授業で習った。そして滅んだ。どこの国とも争うことなく自壊したそうだ。

はるか昔のことなので、今や真相は誰にもわからないが。

そんな歴史があったりなかったりして、飛行船技術は今も進化を続けているわけだ。

とはいえ、歴史なんて勝者の都合で改ざんされるものだからな。どこまで本当だか。

「でもまあここだけの話、燃料費が高くつきましてね。普段使いするにはコスト面が釣り合わないのですよ。速度だけを目指したので積載量も度外視しておりますし」

はあ、なるほど。

まだ試作段階、あるいは改良の余地が多分にある、といったところか。

「私のために、わざわざそんな船を用意してくれたんですか？」

「もちろんです。我々セドーニ商会は、冒険家リーノを全力でサポートさせていただきますとも」

　ああ、やはり彼は商人っぽいな。ただの乗組員というわけではなさそうだ。

　商人っぽい彼の案内で、船内の階段を上る。

　やはり上下に分けた二階層仕立てのようで、上階は明るくそれなりに内装も作られていた。まあ、やはり閉塞感はあるが。

　しかし小さな丸い窓がたくさんあるので、右舷側と左舷側から遠くを見ることはできる。

　前方は……ドアと壁に仕切られているな。操縦桿は恐らくあの先だと思うが。

「――おい、出してくれ」

　商人っぽい彼が、前方に向かってそんなことを言うので、きっとそうだろう。

「どうかなお嬢ちゃん。飛行皇国ヴァンドルージュでもまだ珍しい船なんだよ。まあちょっと外見は変わってるけどね」

　お、私に話しかけてきたな。たぶん私がやたらきょろきょろしていたからだろうな。

　仕方ないだろう。

　ただでさえ金属が飛ぶなど考えられないのに、この飛行船はその上更に奇怪なのだから。

「魚か鳥の形でしょう?」

尾びれや背びれはなかったが、形は魚に似ていた。もしくは翼をたたんで滑空する鳥だ。

「お、鋭いね。そうそう、そういうコンセプトでこのデザインになったらしいよ」

ふと外を見ると、港が下に消えていく。

風も体感も音もないのでわからなかったが、どうやらもう出航していたようだ。

「外をよーく見ておくといいよ。――この船はね、爆風で一気に加速するんだ」

爆風……?

男の言う通り、窓から外を見ておく。……リノキス、同じ窓で見る必要ないだろう。隣の窓で見ろ。近いし狭い。くっつくな。

一定の高さまで達すると、壁沿いに巡らされている通信管から声が響く。

――「加速開始します。大きく揺れますので、何かに掴まるか床に伏せてください」

諸注意とカウントダウンが始まったので、窓枠に掴まっておく。……リノキス、私を支えようとしなくていいぞ。肩を抱くな。

――「三、二、一、――点火」

ドオオオオン!

「雷音」よりも大きな爆発音とともに、大きく船体が揺れた。

横から大きな負荷が掛かり、後方に持っていかれそうになるのを堪える。

だが、それより――

「……」

眼下にあったはずのリストン領本島の港が、一瞬で見えなくなった。

「ふう。もう大丈夫ですよ、リーノさん」

かなり高性能な防風処理をしているのだろう、進んでいる感覚がまったくない。

しかし、視覚はちゃんとそれを認識する。

遠くに見える小さな浮島や雲などが、すごいスピードで後方にすっ飛んでいく。とんでもない速度で進んでいるようだ。

「……半日か」

この速度なら、確かに半日で着きそうだ。

これまでに乗ったどんな飛行船よりも、圧倒的に速い。すごい技術の船である。

正直欲しい。

……が、さすがにこれは入学祝では買ってもらえないだろうな。

「リリーは会うの初めてよね。この方はトルク・セドーニさん。セドーニ商会の代表の息子さんよ」

リノキスが男を紹介する。

セドーニ商会の代表というと……ああ、会頭か。

ということは、ニア・リストンとしてセドーニ商会を訪ねた時に交渉した、あの人の息子だな。

確か会頭の名前は、マルジュ・セドーニだったか。

十億クラム稼ぐという、子供の戯言のようにしか聞こえなかったであろう私の要求を、多くを聞かず全て丸呑みしてくれた、懐の大きい人だった。

金を稼ぐのはリノキスほか弟子たちに任せているので、私はなかなか接点がないのだ。世話になっている以上、いずれ会頭には挨拶に行きたいな。今度はちゃんと約束を取り付けて。

そしてこの男、トルク。

商人っぽいとは思ったが、本当に商人だった。それどころかあのマルジュ・セドーニの息子だという。ならば大商会の跡取りってことになるのかな。

……もしかして、結構な大物なんじゃなかろうか。

そんな人がわざわざ、ただの冒険家リーノと同行するとは。もののついでなのか、それともリーノに対してそれほどの期待か希望があるのか。

「トルクさん。この可愛い子が私の弟子のリリーです。可愛いでしょう？」

二回も可愛いを念押しするな。

「弟子ですか。随分小さな子ですが……」

「そう。私の弟子にして愛する妹、いや、愛娘……いや……まあ非常に近しい愛する存在ですね。可愛いでしょう？」

なんだその友達以上恋人未満だけどお付き合いしていると言っても過言ではなさそうな訳ありっぽい曖昧だけど親密な関係。あともう可愛いって言うな。

「なるほど。複雑な事情がおありで」

さすが商人と言うべきか、興味はありそうだが立ち入ったことを聞く気はないと。

「――おっと、立ち話もなんですな。朝食を用意していますので、食べながら今後の話をしましょうか」

先に聞いた通り、本当に速度を出すためだけに造られた飛行船なので、食堂も狭く客間も少ないそうだ。

あくまでも移動にこだわったものなわけだ。

「荷物とか沢山載せられたら、物流事情もかなり変わって来そうなんですがね。でも色々と問題も多いんですよ」

ちょっと手狭なテーブルに三人で着き、軽めの朝食を貰う。

「なもんで、今はもっぱら人を運ぶのが主ですな。ま、商人にはこれでも有用性が高いんですがね」

そうだよな。隣国まで半日そこそこで行けるなら、いくらでも利用者はいそうだ。

「――時にリーノさん。ヴァンドルージュでは魔獣狩りをするそうで？」

やたらしゃべる人だなと思いながら、トルクの相手はリノキスに任せていたが。

その話題が出た瞬間引っ掛かり、同時になるほどと思った。

トルクの目的は、冒険家リーノがどの魔獣を狙うのか、だろうな。

あっという間にアルトワールで名が売れ出した腕の良い新人冒険家は、十億クラム貯めるために行動している。

そんな背景を知っていれば、当然隣国へ行く理由も察しがつく。もちろん魔獣狩りをするという申請もしているしな。商会にはスケジュール表も提出済みだし。

で、商人がそこに便乗する理由はなんだ、という話だ。

「ええ。アルトワールでは少し動きづらくなってきたし、ヴァンドルージュへ行く用事も

あったので、ついでに狩(か)りもしてみようかと。言ってしまえば短期の出稼ぎですね」

「動きづらく、ですか……もしや拠点(きょてん)を移すおつもりで？　王都から出るとか？」

「そこまではまだ考えてません。ただ、この子――」

ん？　私？

「可愛いリリーと私の関係はあまり知られたくないのです。もうアルトワールの王都では可愛いこの子を連れて歩くことは不可能でしょう。

でも、可愛いこの子にもいろんな経験をさせておきたいのです。可愛い私の可愛い愛弟(まなで)子(し)ですから」

この辺の話は全部リノキス任せである。私は頷くくらいのものだ。

深い部分まで私の事情を知っているリノキスだけに、なかなか上手(うま)いこと設定を作るものである。それと後で可愛いは禁止しておこう。邪魔(じゃま)臭(くさ)いから言うな。

「今後もこういう出稼ぎがあるかもしれませんが、ぜひまたこの船に乗せてください」

「ええ、もちろん。ただし、拠点を王都から移す時は、絶対に前もって教えてくださいよ！

約束ですからね！　他国に移すなんて言ったら泣きますからね！」

さすが商人、強引(ごういん)に食(く)い込んだな。逃すまいという意志を強く感じる。

――しかしまあ、いいだろう。

半日で行けるというなら、想定より半日以上の時間的余裕が生まれる。

その時間は、半分はトルクに……延いてはセドーニ商会のために使おうではないか。

「ねえ師匠」

大人の話を邪魔しないように黙っていた私が、あえてこのタイミングで口を出した。

「トルクさんは、ヴァンドルージュで狩ってほしい魔獣がいるんじゃないかしら。これだけお世話になっているのだし、可能なら希望を聞いてもいいのでは？」

裏では立場が逆である私の言葉は、もはや決定事項である。

――それを知らないトルクの目が輝く。期待に満ちた目で提案した私と、それを判断する立場のリノキスを見ている。

そうか、やはりそういう下心があっての同行か。まあ商人だしな。ただで慈善事業なんてしないよな。

「悪いですよそんな！　リーノさんにもご予定があるでしょう？　でももし希望を聞いていただけるなら、少し色の付いた買取価格を提示できますよ？」

うん、なら、悪い話ではないだろう。私たちが損をするわけでもなし。

でもきっと、買取価格に色が付いても、セドーニ商会の儲けの方が大きいんだろうな。

金の絡む大人の話は大人に任せ、私は先に客間に引っ込むことにした。

ベッドと棚くらいしかない狭い部屋だ。だが狭いながらも個室である。不信感の強いリノキスと別々というのはありがたい。カギ付きだし。

案の定ごねたが、基本的に一人部屋しかないそうだ。二人部屋がないのだから仕方ないのである。カギは掛けておこう。

「んん……！」

伸びをして、ベッドに身を投げる。……硬い。痛い。

だが、昨日まで続いていた過密スケジュールの撮影で身も心も疲弊していた身体は、すぐに睡魔に襲われるのだった。

起きる頃には到着しているだろうか。

楽しみだな。

今生初めての魔獣狩りか。

早く遠慮のない拳を振るってやりたいものだ。

これからの楽しい数日間に胸を躍らせながら、意識はベッドの中へ沈んでいった。


――「緊急事態発生！　緊急事態発生！」

深く落ちている眠りの中に、意味がわからない雑音が入ってくる。

緊急、事態、発生。

意識が言葉を正しく認識する前に、次の雑音が入ってくる。

――「三秒後に緊急停止します！　三、二、一、――」

ガクン！

「おっ……⁉」

横揺れの大きな衝撃に、一瞬身体が浮遊し……ガツンと思いっきり壁に頭をぶつけた上に、ベッドから転げ落ちた。

「……痛い」

油断した。本当に油断していた。

外敵や侵入者だったら、気配を察知してすぐに反応できるが、ただの音声だけでは起きられなかった。

人の気配がしないとダメなのか……我ながら意外な盲点だったな。前世では闇討ち夜討ちは百人規模が襲ってきても平気だった気がするのにな。文字通り朝飯前だったのにな。

まあ、おかげで完全に目は覚めたが。

強かにぶつけた頭や肘を摩りながら、身を起こして窓の外を見る。

夕方……というわけでもないな。まだまだ青空だし、陽も出ている。ということは、ヴァンドルージュに到着したわけではないと。

遠くに見える浮島(うきしま)が動いていないので、今この飛行船は停止しているようだが……。

「……緊急事態？」

寝ている時に、そんな言葉が聞こえた気がするが……寝ていただけにはっきりしない。

……うむ。考えたって仕方ない。

どれ、せっかく起きてしまったのだし、少し様子を見に行ってみるか。

部屋を出たところで、窓にかじりついている数名の乗組員が目に付いた。作業服からして整備士だろう。

そうか、向こう側か。

私が部屋から見た方向は右舷側だったが、どうやら左舷側に何かがあるようだ。

「ちょっと失礼」

若い作業員の横、少し空いているスペースに割(わ)り込んで窓の外を見て――なるほどと納得する。

あれが緊急事態か。

そりゃ飛行船を停(と)めるはずだ。完全に緊急事態が発生しているじゃないか。

「あれ、どうにかできるの？」

ついでに作業員に聞くと、彼(かれ)は渋(しぶ)い顔をする。

「うーん……決めるのは船長だから俺(おれ)は判断できないけど、個人的にはどうしようもないと思うよ。可愛そうだけど、この船の装備じゃ何もできないなぁ……」

そうか。移動だけ考えた飛行船には、戦う準備はないのか。

まあ、何かに狙われたところで、この飛行速度なら大抵(たいてい)は逃げ切れるだろうからな。速度のために武装分の重量も削(けず)ったのだろう。

「ちなみにあれは飛行魚(スカイフィッシュ)の一種？」

「そうだよ。あれは烏賊(スクイッド)だね」

ほう。スクイッドか。

「この辺ではよく出るの？」

「そうでもないと思うよ。飛行魚(スカイフィッシュ)自体が珍しいし。あのサイズなんて滅多(めった)に見ないし。でも出る時はどこにでも出るからね」

そうか。まあ、飛行魚(スカイフィッシュ)だからな。

じゃああれは運悪く遭遇(そうぐう)し、更(さら)に運が悪いことに襲われてしまったわけか。

飛行魚は空を泳ぎ、遭遇したと思えば一瞬で通り過ぎていくような、渡り鳥に近い存在だ。

大昔に起こった浮島現象と同時期から目撃情報が出始めたので、恐らくは海の生物も浮島現象の影響を受けてそうなったのだろう、と言われている。

何せ捕獲も難しいし種類も大きさも一切統一性がない生き物だ。唯一の共通点は「元は海の生物であり、魔獣である」というだけ。

だから、空を飛ぶ海洋生物は大括りに飛行魚と呼ばれている。

――私と作業員たちが見ている緊急事態は、巨大な飛行烏賊が、それと同じくらい大きな飛行船を捕まえている光景だった。

捕獲されている飛行船からは、もうもうと赤い煙が立ち上っている。あれが非常事態を告げる狼煙なのだろう。

半透明の表皮に中が白い身体の飛行烏賊は、何本もある太く長い触手を飛行船に巻きつけ、絶対に逃がすまいとがっちり絡みついている。

あれは捕食行為なのか、それとも敵と見なして襲っているのか。……わからないが、あの様子では自力で逃げることは不可能だろうな。

飛行船は操作不能に陥っているようだ。こちらと同じく停止している。

それにしても大きい。

あれくらい大きいと、生半可な攻撃など一切効果がないだろう。……にしてもあれが烏賊か。小さいのは見たこともあるけど、あれがあの大きさか……。

なかなかの脅威だな。見る限りでは。

「あれって高く売れる？」

「え？　ああ……どうかな。身や骨はどうだかわからないけど、あれだけ大きいと魔石も大きいだろうから。それはきっと高いんじゃないかな」

ふうん。そうか。

金になるなら仕留める価値はありそうだな。

襲われている飛行船がまだ原形を留めている以上、生存者はいるだろう。ここは空の上で逃げ場がない以上、きっと船室に引っ込んでいるはずだ。抵抗しようとした船員は……まあ、ちょっと残念なことになっているかもしれないが。

助けた報酬も貰えるだろうし、あのサイズの魔獣なら魔石にも期待できそうだし、そこそこいい稼ぎになるのではなかろうか。

――「業務連絡、業務連絡」

そんなことを考えていると、私を起こした通信管から再び声が響く。

――「当船は武装不足ゆえに、かの船の救助信号を一時保留、いち早くヴァンドルージュに舵を取りそこから救援を求めることとする」

お、そうか。今は見捨てる決断をするのか。

悪い判断ではないだろう。

戦う装備がないのに突っ込んでも無謀、無駄死にするだけ。勝算のない戦いに挑むのは勇気とも蛮勇とも言えない。ただの死にたがりの考えなしの向こう見ずだ。

無意味な無理をすれば本当に生存率がなくなってしまう。それどころか共倒れだ。被害が増すだけである。

そういう無茶無謀は、武に入れ込み過ぎたバカがやるだけで充分だ。

――「これより再加速を開始する。各員掴まるか伏せるように。三、――」

あ、待て待て！

例の爆風で加速するやつのカウントが始まってしまったので、慌てて船体の先の方へ向かう。

「ちょっと待って！　聞こえる!?」

操縦桿があるであろう先端。壁を隔てた向こうへ行くドアを開けようとするが、カギが掛かっていた。開ける代わりに強めにノックする。

「――ど、どうした？」

間に合ったようだ。

秒読みが止まり、施錠（せじょう）を外す音とともにドアが開き、トルクが顔を見せた。

「――リリー？」

彼の後ろからリノキスも顔を出す。ここにいたのか。ちょうどいい。

「師匠、あの飛行烏賊（スカイスクイッド）お金になるみたい。人助けの謝礼金も貰えるだろうし、あれ殺（や）りましょう」

「えっ。あれを？　おじょ、……リリーが？　いや、私が？」

わかる。

わかるぞ、その動揺（どうよう）の気持ち。

慣れていないと、飛行船ほども大きい魔獣なんて、普通は個人の力では敵（かな）うわけがないと思いがちである。

でも、「氣」があればあれくらい意外といけちゃうのだ。

むしろ相手が大きい方が、重い方が、強い方が、思いっきり戦えて楽しいしな。

でもまあ、リノキスの気が進まないなら仕方ない。

「あ、そうね。あの程度の雑魚（ざこ）、師匠が出るまでもないわね。弟子の私が代わりに殺（や）っておきますね」

「待って待って待って！　ちょっと待って！　──あ、そっちもちょっと待っててくださいすぐ済みますので！」

前にいたトルクを押しのけて私の傍（そば）に来たリノキスは、私の手を引いて壁際に連れていく。トルクにも「少し待て」と言って。

「──お嬢様、何を考えてるんですか。あんなの無理でしょ」

小声で抗議（こうぎ）してきた。

「──無理？　なぜ？」

私も合わせて小声で問う。

「──あの大きさ見たでしょ⁉」

「──意外といけちゃうサイズよね」

「──いけません！　食後のデザートにちょっと大きめのケーキが出てきた時みたいなこと言わないでください！」

うん？

……うん、的確だな。感覚的にはまさしくそれだ。ちょうどそれだ。

「――気が進まないなら師匠は残れば？　露払いは弟子がしておくから」

「――露じゃないでしょあれは！　船一隻を捕食する巨獣でしょ！」

……面倒臭いな。一応は一秒を争うような緊急事態で、人命が掛かっているのっぴきならない状況なのに。

「どうするの？」

もうひそひそ話すのも面倒なので、真正面に立って聞いてやる。

「闇闘技場の件があるから、勝手に行く気はない。

あなたをねじ伏せて私一人で行くのと、私とあなたで一緒に行くのと、私を見送るのと。

あなたが好きなものを選びなさい」

「……ずるいですよ。そんなの選択肢がないじゃないですか……」

何を言うか。

「こんな時に武を振るうのが武闘家でしょう。なんのために鍛えてるの？　有事に立ち上がらないなんて鍛える意味ないじゃない」

「お嬢様を守るためですよ！　護衛！　私、護衛！　強くなったのは危険に飛び込むためじゃないです！」

あ、そうだった。そうだったな。

「私の護衛ならアレくらいは左拳と左膝だけで勝てるくらい強くなりなさいよ。私なんて手も足も使わず勝てるわよ、アレくらい」

「それはできる方が異常なの！」

なんだと。リノキスだってもうその異常の入り口に立って……いかん、本当に遊んでいる場合じゃないんだ。

「話している時間はないわ。人命が懸かってるんだから、それもちゃんと考慮して答えなさい。どうするの？　あなたも行くの？　それとも残るの？」

「……わかりましたよ、もう……」

よし。

考えもしなかったタイミングだったが、今、今生の初陣だ。滾ってきた！

「行くんですか⁉　本当に⁉」

「ええ。私が怪我をしたり死んだりしたらリリーが死ぬほどそう死ぬほど悲しむので、リスクの高い狩りはしたくないのですが……今回は人命を優先します」

さっきまで泣き言を漏らしていたとは思えないくらい、リノキスの表情は凛々しい。無駄にキリッとしている。

「いやしかし！　あんな大きい魔獣、どうにかなりますか⁉　もはや人一人でどうにかできる大きさじゃないでしょう！」

「確かに楽ではありませんが、勝算はありますから」

――とまあ、横で聞いていると笑っちゃいそうなトルクとリノキスの会話を経て、トルクともう一人の中年男……この船の船長が承諾した。

「事後の交渉は私が致しますので、狩りが終わったら狼煙を消してください。安全が確認できましたらこちらの飛行船を寄せますので」

今は誰の目から見ても緊急事態である。

しかしそれでも、勝手によその船に乗り込んだり魔獣を狩ったり、あまつさえその拍子に何かを破損したり紛失したりしてしまうと、責任問題が発生することもあるそうだ。

そんなことを気にしている場合じゃないとは思うが、そういう約束事が必要なことも理解できるので、そこは仕方ない。

だが、あの状態である。

さすがに船の責任者にいちいち話を通したり許可を得たりする時間はない。

だからその辺の交渉は、後からトルクらがやってくれると。十全なるサポートが非常にありがたい。

「もちろんヴァンドルージュ皇国や飛行船ギルドからも、もぎ取れるところからはがっぽりもぎ取ってやりますよ。安心してくださいね」

あら頼もしい。

さすがアルトワールで一、二を争うセドーニ商会の商人である。——ちなみにここはもうヴァンドルージュ国内ではあるそうだ。かなり端っこらしいが。

「——準備ができたそうです。下層の船尾へ向かってください」

船長の言葉に従い、私とリノキスは下層……乗り込んだ時に通った下の階層へ下りる。

待っていた乗組員の案内で船尾へ。まっすぐ単船の積まれた区画に導かれる。

ここは倉庫だろうか。今は大した荷もなく、何台か単船が並んでいるだけだ。

ベルトや留め具でしっかり固定されている単船だが、一台だけ床から少し浮かんだ状態になっているものがあった。

あれが、私たちがすぐ乗れるよう準備してくれた船だ。

単船。

基本的に一人から少人数用の超小型飛行船である。もっと厳密に言うと、島間飛行を想定していない陸上用飛行船だ。島間飛行中の脱出や、ちょっとした外での作業用や移動用に積んであるのだろう。

形状は、足のない馬だろうか。

形は違うがリストン邸にもあるし、両親は毎日港まで単船に乗って移動している。私はもう少し大きな馬車型、あるいは箱型に乗るのが主だったので、この形の単船に乗ったことはない。

小さいだけに積載量は知れているし、構造上の問題で防風加工が難しいようで高高度飛行……要するに島から離れた場所を飛ぶのは推奨されていない。

しかし短距離の移動ならこれが一番手軽なのである。

ただ、そこそこ速度が出るので、安全を考慮して街中で乗るのは禁止されている。少なくともアルトワールでは。他国では違うかもしれない。

だから街中ではあまり見る機会はなかったりするし、未だに馬や馬車を好む人も多い。

王城から学院に通うヒルデトーラも馬車通学だ。

わざわざ飛行船を出すほどじゃないが、しかし徒歩では遠い短距離を移動するなら、これである。

颯爽とリノキスが、いや、優秀な冒険家リーノが単船に跨る。

総出で単船の準備をしてくれたのだろう乗組員たちが、期待と不安が入り交じった熱い眼差しを向けている。

今から巨獣を狩りに行く冒険家に、いろんな想いを馳せているのだろう。

期待しているところをすまないね。殺るのは私だ。

私もリノキスの後ろに飛び乗る。

「もっとしっかり掴まって！　強く抱きしめて！」と寝言をほざくリノキスを泣きそうなほどギリギリ締め上げたりするお約束をしっかりやって、

「準備はいいですか⁉　後部口、開きます！　三、二、一、――」

乗組員の号令で外壁が開き、私たちを乗せた単船は空に吸い込まれるようにして、高速船から投げ出された。


――風が強く、寒い。

飛行船の中ではまったく感じられなかった冬の外気が一気に襲ってきて、今度は冗談でもなんでもなく、強くリノキスを抱きしめる。

想像以上の強風で身体が持っていかれそうだ。あと単純に寒い。

「行きますよ、お嬢様！」

放り出されたまま枯れ葉のように舞っていた単船が、リノキスの運転で空を走り出した。

巻き込まれないように、高速船は飛行烏賊(スカイスクイッド)の触手が届かない距離(きょり)を保っていた。それだけに少し距離があるが。

この単船は結構速度が出るので、捕獲された飛行船まであっという間だ。

――飛行烏賊(スカイスクイッド)が動いた。

白い身体だけに、黒い瞳(ひとみ)が非常に目立つ。私の背丈(せたけ)ほどもありそうな目が動き、近寄ってくる私たちを確かに見た。

奴(やつ)は私たちを認識した。

「お嬢様、どうしましょう？」

すぐそこまで近づいたところで、リノキスは一時停止した。

飛行烏賊(スカイスクイッド)がこちらを見ている。無策のまま突(つ)っ込んだらきっと触手で叩(たた)き落される、と思ったのだろう。

「このまま甲板(かんぱん)に……おや？」

私がいるんだから関係ないが。

なんだあれ？

……あ、そうか。

浮いている飛行船と、それに絡みつく飛行烏賊(スカイスクイッド)と。

そして、それらの隙間を縫うように飛行船からぶら下がる何本ものロープ。その先には人が吊るされている。

何かと思ったが、あれは命綱で吊るされた人だ。

恐らく船員たちが飛行烏賊に対抗しようとして失敗し、飛行船から放り出されたのだろう。あるいは危険から逃れるため自分から飛んだか。

賢いな。確かに命綱はあった方がいい。

この高さである。下が海であっても、落ちたらひとたまりもない。

とりあえず船の外装ごと飛行烏賊を引き剥がす、という手段はパスだな。

はずした外装ごと、ぶら下がっている人も落ちる可能性がある。まあそれは奴が暴れても同じことだが。

――よし、方針は決まった。

迅速に仕留めよう。最初は気を引き、暴れる前に一気に殺る。

魔獣相手は今生初めてだから、少しばかり遊んで勝負勘を取り返したいところだが。状況的にそんな時間は許されない。

「このまま突っ込みなさい！　触手は私が防ぐ！」

「はい！　でもあれは触手じゃなくて足です！」

え、そうなの？　足？

「行きます！」

リノキスは躊躇なく、飛行烏賊が睨んでいる前で直進した。

足と胴体の隙間から見える甲板を目指して走り出す。

――途端、飛行烏賊の身体が大きくうねり出した。

巨体がぬるぬる動く様は、まるで寄せては引く波のようだ。

触手……いや、足の一本が飛行船から剥がれると、大きく振りかぶり――こちらに向けて振り下ろしてきた。

鋭さはない緩慢な動作だが、近くで見る足は非常に太く、そして長くて避けづらい。

しかもリノキスは、避ける素振りもなく、私の注文通りまっすぐに進んでいる。

このままでは間違いなく当たる。

「――よいしょ」

リノキスの肩を掴んで後部座席に立ち上がり、風を殴るようにして降ってきた重い軟体の足に触れて真横に流した。

ボン！

そして、私が触れた軟体の足は、爆散した。

思わず舌打ちが出る。

——見掛（みか）け倒（だお）しめ。想像以上に弱くてがっかりだ。

飛行烏賊（スカイスクイッド）の迎撃（げいげき）を受け流し、私は単船から飛び降りて甲板に着地する。

少し遅（おく）れて、リノキスも単船を甲板の手すりにぶつけるようにして、強引に停止して降り立った。

飛行烏賊（スカイスクイッド）は……明確な敵と定めたようで、私を凝視（ぎょうし）しながら身体をくねらせている。

逃げる気はなし、か。

逃がすつもりはさらさらないが、ここで引くようなら見逃（みのが）してもいいと思っていた。飛行船と人命第一だからな。

さっき足を爆散させた「氣拳・破ル流（ハル）」で実力差が理解できたなら、逃げるかもしれないとは思っていたのだが。

飛行船を襲って痛い目に遭（あ）った、と学習すれば、今後は襲わないはずだ。たぶん。

思った以上に弱いみたいだし、すでに私のやる気もなくなっているしな。もう無理に戦いたいとは思わない。

しかし——どうやら逆効果だったようだ。

足を吹き飛ばされたことにお冠の様子である。

「おじょ、リリー！　私はどうすれば⁉」

うん。

「急いでぶら下がってる人を回収して！　烏賊は私が相手するから無視していい！　それと回収した人の命綱を自分に結んでおきなさい！」

飛行烏賊は私を標的と見なしている。

私に攻撃が集中するなら問題ない。

変に攻撃が分散してしまうと、飛行船にダメージが入るし、ぶら下がっている人たちが危ない。今は気を引いて奴の動きを制限する。

それから殺る。迅速にな。

「わかった！」

さて。

案の定甲板には誰もいないし、多少暴れても文句は出ないだろう。

「――おいで」

言葉が通じているとは思えないが、挑発していることくらいは伝わったかもしれない。

飛行烏賊は大きく足を二本振り上げた。私の背後からも三本迫っている。一本は積み荷だろうか、大きな木箱を掴んで持ち上げている。

うむ、弱い割には頭を使った攻撃方法もできるのか。特に道具を使う辺り、知能は低くないかもしれない。……念のために木箱は優しく受け止めておこう。中身が気になる。金を稼ぎに来たのに荷の弁償などしたくないしな。

まあ、その程度のことだ。問題ない。

リノキスが宙吊りの連中を回収し終わるまでは、ちゃんと相手してやろう。

飛行魚。

海に根付いた大陸を砕き、数多の浮島を生じさせた「大地を裂く者ヴィケランダ」の影響の一つで、海の生物の進化形態の一つと言われている。

文字通り、空を回遊する魚である。

いずれ海に帰るとも、永遠に空を泳ぎ続けるとも言われていたりして、正直何が何だかよくわからない生物だ。空を海と勘違いして泳いでいるだけ、みたいな存在である。

大きさはまちまちで、種類も統一性はない。

今回の飛行烏賊のように、嘘みたいに巨大なものもいれば、多くの者が食卓で見る一般的な海魚サイズもいる。以前兄と見掛けた富嶽エイも飛行魚だ。

有名なのは、およそ大きな浮島かってくらい巨大な飛行鯨「モーモー・リー」の存在である。

「光を食らう者モーモー・リー」。

天空を泳ぐ鯨が太陽を遮り落ちる影を見て、昔の人は「光を食べる生き物」と恐れたらしい。

そんな逸話を持つ「モーモー・リー」は、もう何百年も大空という海を悠々と泳いでいる。あの富嶽エイより巨大で長生きしているそうだから、とんでもない話だ。

その雄大な姿は、神の化身、神の使いとも言われていて、どこぞの国では信仰の対象にもなっているとかいないとか。

今でも健在で、世界中の空を泳ぐ鯨は、どこにいても数年から十数年に一度は姿を見ることができると言われている。

前世で見た気はするが、今生はまだである。

飛行烏賊の攻撃を時に避け、時に受け止める。

甲板を叩きそうな角度のものは片手で防御し、できるだけ飛行船に負担を掛けないように対処する。

特に問題はない。

彼奴の粘液のせいで、全身なんか生臭いぬるぬるでべちょべちょにまみれている以外の被害はない。その程度である。

時々その辺にある物を拾っては、こちらを凝視している黒い目に向かって投げつけて注意を引く。

感情が見えない奴の目に、どんどん怒りや苛立ちが募っていっているような気がする。

なかなか狩れない、それどころかわずらわしいちょっかいを掛けてくる私に対し、眼差しが逸れることはない。

狙い通りである。

私は囮だ。

私が気を引いている間に、自由に動けるリノキスが宙吊りになっている船員を回収し、ひっそりと開かれた船室に押し込んで退避させている。

「――リリー！　こっちは終わった！」

お、回収が済んだか。

じゃあ遊びはここまでだな。

「どれでもいいから、槍に使えそうな重い棒に命綱を結んで！」

「えっ……あ、わかった！」

私の意図が伝わったのかどうかはわからないが、リノキスは指示通りに動き出した。

その間、私はもう我慢することなく、襲い来る烏賊の足を「破ル流」で爆散させていく。

海産物が弾け飛ぶ衝撃音が鳴る度に、飛行烏賊の足が短くなっていく。

ギギギギ

果たしてそれは、飛行烏賊の悲鳴だったのか。それとも飛行船がきしむ音だったのか。

私に触れた足が爆ぜて千切れ飛ぶという不可解であろう現象に、烏賊の黒い目がわずかに逸れた。

――動揺から畏怖へ。確かに感情が動いた。

「ダメよ」

飛行烏賊が逃げの動作に入る前に、一足飛びで距離を詰め、烏賊の頭上に飛ぶ。

「もう逃がさない」

逃げるなら、初手で逃げていればよかったのに。その時だったら見逃したのに。

もう見逃す気はない。

多少暴れても問題ない状況になったからな。一気に決着をつけてしまおう。

足に「内氣」を練り、「重氣」を込める。

この魔獣(まじゅう)は見掛け倒しなので、技はいらないだろう。威力(いりょく)が高すぎると魔石ごと破壊(はかい)してしまうし、身も売れるかもしれない。できるだけ原形は留めておきたい。

そう、ただ甲板に向かって蹴(け)るだけでいい。

軟体にはあまり効かないだろうが、

一瞬(いっしゅん)の浮遊感から急降下し、飛行烏賊(スカイスクイッド)を強襲(きょうしゅう)する——弾力(だんりょく)のある烏賊の頭を蹴り飛ばし、甲板に叩きつけた。

「刺(さ)して！」

蹴った体勢のまま宙を舞っている私に言われるまでもなく、リノキスは叩きつけられた烏賊の目に向かって、命綱を結んだ金属棒を深々と突き刺した。

よし、これで終わりだな。

……つまらん。

初陣にしたって歯ごたえがなさすぎる。

次はもうちょっと強い魔獣を相手したいものだ。

金属棒を刺された飛行烏賊(スカイスクイッド)は多少暴れたものの、私が追い打ちで槍を追加してやったらすぐに動かなくなった。

うむ、動きを拘束する槍を刺して正解だったな。船が壊されたら堪ったもんじゃない。

「ね？　意外といけちゃうでしょ？」

私にとっては期待はずれも甚だしい魔獣だったが、リノキスにはいい経験になったのではなかろうか。

これくらいなら準備運動にもならずに充分勝てると……ん？

まじまじと私を見下ろすリノキスは、ぽつりと言った。

「お嬢様って強すぎませんか？」

おい。今更おい。なんだおい。

「あなたが私を低く見すぎなのよ。いい？　あなたの想定より数十倍、もしかしたら数百倍は強いわよ？」

師匠はいつだって、弟子にはすごいと思われたい生き物なのだ。

敬え。尊敬の眼差しを向けろ。さあ向けろ。

「あはは、またまたぁ。それは盛りすぎですよ。時々子供っぽい見栄張るんだから」

……………。

半笑いでっ。半笑いで「はいはいわかりましたよーすごいねー」みたいなノリで聞き流してっ。腹の立つ弟子だなっ。

「まあそういうところも可愛(かわい)いと言うか、可愛いですけどね」

なんの付け加えだ。腹の立つ。

というか、見てなかったのか。師匠の戦いぶりを。教えてないのとか色々やっていただろ。気にならないのか。……え？　人命救助で全然見てなかった？　……ふーんそう。あ、そう。まあ別にいいけど。

別に！　いいけど！

飛行船からぶら下がっていたの六人で、怪我はしていても死者はいなかった。

ただ、船に施(ほどこ)されている防風処理が及(およ)ばない場所で強風に晒(さら)されていたせいで、体調を崩(くず)しているのだとか。

ただでさえ寒い季節だし、身体が冷え切ってしまったのだろう。まあ命に別状はないようだが。

「冒険家の方ですか……助かりました。……にしても、すごい腕(うで)ですね……」

襲(おそ)われていた飛行船の船長は生きていた。

というか、宙吊りになっていた連中は護衛兼任(けんにん)の乗組員で、飛行烏賊(スカイスクイッド)に襲われた時、素(す)早(ばや)く皆(みな)を船室に避難(ひなん)させたそうだ。

なので奇跡的に死者は一人も出なかった。まあ船がまだ飛んでいるので、それは納得できる。

外装は傷だらけになってしまったが、大切な内部機関は丸々無事なんだそうだ。要するに肉は切られたが骨は断たれていない、と。

なお、この船は浮島間を移動する定期船で、一般客や荷物を運んでいるらしい。

さすがに客はまだ船室から出せないが、ここには巨大な飛行烏賊の亡骸があるので、下船する時はまた大騒ぎになるかもしれない。

飛行烏賊に襲われてからそんなに時間は経っていない。時間が経っていたら確実に墜とされていただろう。実に幸運なことである。

空の上だけに逃げ場もなく、あそこまでがっちり拘束されては緊急脱出用の単船や小型船も出せず、このままでは……という先が見えない状態で、絶望しかなかった。

一縷の望みを託して狼煙を上げ、救援を待っていた。

そして船長と乗組員たちは、船室の窓から私たちの乗っていた高速船が近くで停止し、単船が出て、こちらに向かって来たところを見ていたらしい。

……戦いっぷりは見てないの？　すごくなかった？　誰がとは言わないけどすごくなかった？　すごかったでしょ？　……見てない？　船室から甲板は見えるようにできてな

い？　……ふーん。別になんでもないですけど。

「人も船も、ご無事で何よりです」

冒険家リーノは、仕留められている飛行烏賊に驚く船長と乗組員から向けられる賞賛の眼差しを、全身に浴びている。心なしか顔もキリッとさせて。

うん、若干納得いかない面もあるが、いかんせん七歳の子供が殺ったというのは現実味がなさすぎる。それよりはリノキスが狩ったと言った方が現実的なので、これは仕方ない。

それに、これで多少はヴァンドルージュに「冒険家リーノ」の名も知られることだろう。今回の出稼ぎは彼女の名前を売ることも目的の一つだ。だからこれでいいのだ。

――ちなみにニア・リストンの誕生日は秋の終わり、冬の頭なので、もう七歳だ。月日の流れは早いものである。

狼煙はすでに止められているので、高速船がゆっくりこちらに近づいてきている。

後のことはリノキスと、交渉事を引き受けると言っていたトルクに任せて、私は一足先に船に戻ることにしよう。

全身の生臭いぬるぬるを、さっさと処理してしまいたい。

どうせ誰も私の方は見ていないし、このままいる理由もないし。冒険家リーノがいれば問題ないだろう。

戻って寝直そう。

風呂があれば助かるが、きっとないだろうなぁ。

こちらに移ってきたトルク、船長の二名と入れ替わるように、私は高速船に戻った。

「うわぁぬるぬる」

「何このぬるぬる」

「あ、私こういうの無理」

「ちょっといやらしいわね」

速度を重視した高速船である。

案の定風呂はなかったので、数少ない女性乗組員に湯を用意してもらい、身体を拭いてもらった。

若干気になる反応もなくはないが、気にしたらどこまでも気になりそうなので、細かいことは気にしない。

拭かれつつ、冒険家リーノと飛行烏賊の戦いを聞かれたが、話せる事実がないので「気が付いたら終わっていた」とだけ答えておいた。

多少生臭さが残っている気もしないでもないが、この状況では洗うにも限界があるので、ここらで諦めることにする。

さて、しばらくは交渉で動きはないだろう。

予定通り、ちょっと休むか。


今度は起こされることなく、夕方までしっかり休むことができた。

途中一回だけ大きく揺れたが、恐らく加速の時のやつだろう。

結構寝た気がする。

これで二十六本撮りの疲れは取れたかな？　飛行烏賊戦は疲れるほどの相手でもなかったから、そっちはどうでもいいが。

赤い光が差し込む窓から外を見れば、今度はちゃんと移動していた。渡り鳥を追い抜くほどの猛スピードで飛んでいる。

……うむ、休むのはもういいだろう。今どうなっているか確認しに行くか。

部屋を出て、通りすがりの船員にトルクか冒険家リーノの居場所を聞くと、二人は食堂でお茶を飲んでいると告げた。

そちらに顔を出すと、二人は確かにいた。

なんの話をしているのかはわからないが、子供が邪魔をしてもよさそうな雰囲気だ。まあ邪魔そうならとっとと引き上げればいいか。

「交渉は終わったんですか？」

と、そんなことを聞きながら、朝食を食べた時と同じ席に座る。リノキスとトルクが同じ椅子に座っていたからである。

「ちょっと込み入りそうでね。向こうさんの乗客も不安そうだったし、船体内部に故障があるかもしれない。だから一旦解散して、交渉は後日ってことになったんだ」

トルクの説明は納得せざるを得ないものである。そうだな、確かにあの状況で長々交渉なんてしている余裕はなかっただろう。一刻も早く安全な場所へ行くべきだ。

「烏賊の魔石は？」

「一応回収してあるわ。身体は向こうが持っていってしまったけど」

と、今度はリノキスが答える。

「この船にはあの重量は乗りませんからな。致し方ないでしょう」

そうか。多少は金になるといいんだが。

「お嬢ちゃん、もうすぐヴァンドルージュに到着するよ」

お、そうか。やはり速いな。

少し寄り道してしまったが、なんとか夕食時には到着することができた。

飛行皇国ヴァンドルージュ。

ここでしばしの出稼ぎ生活が始まる。

私にとってはバカンスも同然だ。血湧き肉躍る、めくるめく実戦の日々を送ることができるのだから。

一度でいいから濃密な死闘を味わいたいものだ。

まあ、期待するだけ無駄だとは思うが。

それでもわくわくする。

実に楽しみである。

ヴァンドルージュ皇国の首都、ユーネスゴに到着したのは夜だった。

商人トルクが用意してくれた高速船は、非常に速かった。

事前に聞いてはいたが、本当に一日掛からず到着した。とんでもない船である。こんなにも金属むき出しなのに。

飛行烏賊と遭遇したことで多少遅延が発生したが、それでも充分である。

予定通り、今日のところは大人しくホテルで過ごすことにした。空が明るい内なら少しばかり街を見て回る余裕もあったかもしれないが、まあ問題ない。

今回は、表向きはアルトワール王国第二王子ヒエロ・アルトワールの招待、という体で、高級ホテルを押さえてもらっていた。

ちゃんとこっちで滞在費は支払うつもりだったが、「いずれニア・リストンには会いたいと思っていたから気にしなくていい」という王子側の気遣いで、ホテル代は向こう持ちである。ありがたい話だ。

そんな背景もあり、王子からすれば間違っても安宿なんて取るわけもなく、ヴァンドルージュ皇国でも有名かつ格調高い高級ホテルに滞在する予定になっていた。

「あの、何かあったんですか……？」

ただ、あまりにも格調高いだけに、受付で私にストップが掛かってしまった。

正確に言うと、しっかり残ってしまった生臭い臭いに。

――一応、違法にならないよう国のお偉いさん方には伝わっているはずだが、お忍びでの訪問である。なのでホテルでもリストン家の名前は出さない方向で決まっている。

あくまでも、私は冒険家リーノの付き人で付き添いなのである。

今のリノキスと私は、格好から何から高級ホテルには相応しくない。どこから見ても貴人や貴族には見えないはずだ。

が、王子の名前で予約されているので、ベテラン風のホテルマンは嫌な顔をせずに受付で対応してくれた――が、私の臭いだけはダメだそうだ。

「来る途中で飛行烏賊と遭遇して戦うことになってね。この子は接触したから臭いが移ったのよ」

リノキスこと冒険家リーノが言うと、納得したのかしてないのかはわからないが、

「大変申し訳ありませんが、お風呂に入りお召し物を交換していただけないと、当ホテル

では対応致しかねます……」

本当に申し訳なさそうな顔で返した。

飾らず言うと、理由はどうでもいいから臭いをどうにかしろ、といったところだろう。

まあ、当然の対応だと思う。

追い出さないだけまだ親切なんじゃないか、とさえ思うくらいだ。

……というか、私はもう慣れて何も感じないけど、もしや周囲はだいぶ臭いのではなかろうか。

「着替えはあるけど、お風呂はこちらで用意してもらえる？」

「もちろんです」

リノキスの質問にホテルマンは頷き、ベルを鳴らして女性従業員を呼ぶ。

「――彼女を浴場に案内しなさい」

「――わかりました」

ここからは彼女に従えばいいようだ。

「あ、お風呂なら私も一緒におうっ」

すごく言い出しそうな気はしていたので、用意していてよかった。寝ぼけた世迷言を言い出したリノキスの太腿をパーンと叩いて黙らせる。

「先に行ってください。わかりました？」

「……はい」

まったく。他国に来てまで恥を掻かせるな。

従業員用の大浴場に連れて行かれ。

「──お嬢ちゃんはどこから来たの？」

「──アルトワール王国から。さっき到着したばかりよ」

年齢的に放置できないと判断したらしい女性従業員の見張りを付けたまま雑談しつつ、二回ほど髪と身体を洗い、ゆっくり湯に浸かり、ようやくさっぱりした。

高速船の中で大部分は拭いたが、やはり完全には処理しきれず、髪などがべたべたしていた。臭気と一緒に謎の粘液も洗い落とせたようだ。

替えの服に着替え、着ていた服は洗濯を頼んで渡しておく。

ロビーに戻り、さっきカウンターで対応されたホテルマンのチェックが入り、やっと部屋に通された。

貴人……この国では貴族と言うが、貴族用の部屋で、自分の使用人と一緒に泊まれるような作りになっている。

部屋のグレードは別として、学院の寮と同じ構造というわけだ。

「やはりこちらの方が私はしっくりきます」

部屋で待っていたリノキスは見慣れた侍女服を着ていて、すぐに紅茶を淹れられるように準備を整えていた。

「これから夕食なのに着替えたの？」

「着替えくらいいくらでもしますよ。面倒な武装もホテル内では必要ないですからね」

ああ、ただ服を着るのと冒険家の装備を着けるのじゃ面倒さが違うからな。

ゆっくり紅茶を一杯飲んで、これからの予定の確認をしておく。

「明日の朝から浮島に出ます」

「うん」

冬休みは限られているので、滞在日程は延ばしようがない。ここからはできる限りスケジュールに沿って無駄なく動きたい。

目標金額は三億クラム。

最低でも一億は稼いでおきたい。

「狩場へ向かう飛行船などの手配は、全部セドーニ商会がしてくれることになっています。私たちは港に行くだけ、魔獣を狩るだけです。仕留めた魔獣の換金もセドーニ商会がやってくれますので」

「お世話になるわね」

「向こうも仕事ですからね。手数料は発生していますし、気にしなくていいと思いますよ」

それでも破格の扱いを受けていると思うが。あんな最新の高速船まで用意してくれたのだ、大いに気を遣ってくれている証拠である。

商人には少しだけ貸しを作るくらいでちょうどいい、借りるばかりではまずいと思うのだが……まあ、こんなの古い考え方かな。

「ヒエロ王子とはいつ会うの？」

「到着日時は伝えてありますが、向こうの予定が決まっていないという話でしたね。向こうからの接触を待つしかないかと」

そうか、まだ決まってないのか。

無遠慮にこちらの予定に割り込んでこられると迷惑だが……まあ、仕方ないな。向こうも魔法映像絡みでこの国に来ているのだから、私にとっても無関係じゃないしな。彼と会うのは最優先だ。

…………。

しかし予感はするな。

「王子絡みで予定にないことが起こりそうよね」

「お嬢様。そういうことを口にすると、本当にそうなりますよ」

ほう。悪いことは口に出すと実現するという、いわゆる言霊の理屈か。

……そうだな。

言われてみると、意外とそういうものかもしれない。

できれば予定通りに、王子とはさらっと顔合わせだけして別れたいものだ。

——まあ、口に出したせいかどうかはわからないが、予感は当たることになるのだが。


飛行皇国ヴァンドルージュの首都ユーネスゴは浮島だ。

浮島としてはかなり大きい方だが、一国の首都の規模として見ると小さい方だろうか。

アルトワール王国の首都は海に根付いた大地の上に成り立っているが、世界各国から見ると、アルトワールの方が珍しいのである。

国としての土地もそこまで広くないが——しかし、大小を問わなければ、ヴァンドルージュはアルトワールより多くの浮島を持つ国である。

だからこそ、なのだろう。

首都が浮島で、多くの浮島を国内に数えるヴァンドルージュは、人を繋ぎ国としての形を成すために、どうしても浮島間の移動を効率的に行う必要があった。

浮島の数だけ人の集落があり、集落の数だけ規律と思想が生まれる——昔はいざこざや対立は日常茶飯事だったらしい。

それらをまとめるために、気軽にコミュニケーションを取る方法が必須だった。

だからこそ飛行船技術が進歩し、だからこそ世界で群を抜くほどの飛行船技術を有する国に育ったのだ。

かつては浮島間、国内だけでも連絡を取り合うことに苦労したそうだが、今やこの国の飛行船は世界随一と言われるようになった。

それも手軽で、民の生活に密着し、誰でも利用できるくらい身近な存在になっている。

……と、授業で言っていたっけ。

今重要なのは、大小問わず浮島が多い、という点だ。

浮島は急激な環境の変化に適応した結果、それぞれがまったく違う生態系を確立することになった。

極端に言えば、とてつもなく貴重な薬草や鉱石が、すぐ隣の浮島で見つかったりするような。よく知る生き物なのに面影がないレベルで姿形が変化していたりするような。

浮島ごとの生態系とは、それくらい大きな違いがあっても不思議ではないのだ。

今回出稼ぎの場所としてヴァンドルージュを選んだのは、未開の浮島が多いから、というわけではない。

むしろ逆で、周辺の浮島のことをちゃんと調べてあるからだ。まあ、詳しく調査の手が入っているかどうかは別の話だが。

つまり、浮島の数だけ生態系が存在し、生態系の数だけ生息する魔獣が限られるということ。

どこにどんな魔獣が生息しているのか、どの浮島にどんなダンジョンがあるのか。

それがわかっていれば、島単位という生息域内で、効率よく魔獣を探すことができる。

そして、それを狩って金にしてやろう、と。そういうわけだ。


ホテルで一夜を過ごし、翌日の早朝。

部屋にある風呂に浸かり、出掛ける支度をする。魔法の髪染めは数日効果が続くので、追加は必要なさそうだ。

空が暗い内に、ホテルにある食堂へ向かう。

さすがに時間が早すぎるので、利用客はいない。シェフたちも下準備の最中だった。

シェフに「簡単にできるものでいいから」と無理を言って朝食を出してもらい、食べながら今日の予定を話す。

「まずは刀刺鹿ね」

リノキスではなく冒険家リーノの言葉に、弟子のリリーである私は頷く。

「トルクさんの注文で、最低三頭。角は折らず、毛皮も傷が少なかったら高く買い取る、できれば魔石も取らずにそのまま欲しいって」

高速船の準備。

現地での十全なサポート。

航行中に遭遇した飛行烏賊絡みの交渉。

これだけの諸々が重なった結果、トルクからは結構な注文が来たそうだ。リノキス曰く「遠慮してる顔で図々しく要求されましたね」とのこと。

まあ、別にただ働きをするわけではないので、できるだけトルクの注文に添うようにするつもりだ。

適正価格で買い取る？

結構じゃないか。

商人でもない私たちは、不相応な欲を出せば足元を掬われるのがオチだろう。それよりは売り払う手間と時間を惜しんだ方が、より効率的に多く稼げると思う。

それも、支払いの信頼がおける相手との取引であるなら、なお良しだ。

「セドーニ商会はちゃんと協力してくれているでしょう？　彼らの仕事ぶりに不満がないなら、ある程度は彼らの意向に合わせてもいいと思うわ」

「まあ、リリーがそれでいいなら」

「不満？」

「私は高く買い取る相手がいれば、そっちに売りたいかな。命懸けで戦うんだからより高く売りたい」

そうか。まあ、気持ちはわからんでもないが。

「師匠。お金は大事だけど、お金の稼ぎ方はわかっているでしょう？　でも信頼は違うわよ。これは確実に培う方法も育てる方法もない。

そして、失ったらなかなか取り戻せないものでもある。――不義理を働くならセドーニ商会を切り捨てるつもりでやるべきね」

「やらないよ。あくまでも希望なだけ」

うん。ならいい。

……間接的に「リノキスも私の信頼についてちょっと考えてみたら？」という意味を込めてみたんだが、微塵も伝わってないな。

一緒に寝たいと言ったり、一緒に風呂に入りたいと言ったり。学院ではサノウィルのことを敵視したり。どういうつもりなのかさっぱりわからない。

本当に不信感の拭えない弟子である。師匠の強さも正しく理解しないし。師匠は常にすごいと思われたいし、尊敬もされたいんだぞ。わかってるのか。わかってないって顔してニンジンとか食いやがって。

なんだか多少の不満がちらつく朝食を済ませると、昨日のホテルマンに見送られて港へ行き、セドーニ商会が用意してくれた飛行船に乗り込む。

飛行船の手配と、ヴァンドルージュ周辺を知り尽くした船長と、荷運び要因であろう体格のいい乗組員たちの手配。

この国の冒険家ギルドへの活動申請と、必要物資の補填。

以上がセドーニ商会のサポートである。

実にありがたい。本当に浮島に行って狩りをするだけ、という至れり尽くせりの仕事っぷりだ。私たちがそれ以外に煩わされることがない。

これだけ世話になっているのに、魔獣の買取価格まで要求するのは高望みしすぎだろう。

まあ、そんなことはもういいか。

これから楽しい楽しい狩り三昧（ざんまい）、拳（こぶし）を振（ふ）るいまくりの日々が始まるのだ。楽しみすぎて仕方ない。贅沢（ぜいたく）は言わないから、昨日の烏賊よりは強い魔獣がいてほしいものである。

　さあ、楽しい出稼ぎに出発だ！

◆

「本当に大丈夫（だいじょうぶ）かい？」

　その質問に対する答えは、昨日貰（もら）った。

「アルトワールでは相当な腕利（うでき）きらしい」

　長い付き合いになってしまった船員ジュードにそう答えながら、しかし、船長バンデも彼と同じ疑問を抱（いだ）いていた。

　昨日、「くれぐれも失礼のないように」と、セドーニ商会の若旦那（わかだんな）に言われたのだ。とんでもなく腕利きの冒険家が来るからよろしく、と。

　そして今朝やってきた冒険家が――

「俺（おれ）の娘（むすめ）より若い小娘（こむすめ）と、十歳にもならないガキだぜ？」

　ジュードのその言葉も、船長と同じ感想だ。

「いいから仕事に戻れ」

　もっともな心配をするジュードを追い払い、バンデは舵（かじ）を取る。

船はもう出航している。

目的の島に着くのはすぐだ。

——俺の娘より若い小娘と、十歳にもならないガキ。

そんなことはバンデもわかっている。

バンデの仕事は、彼女らを魔獣の生息する浮島へ運ぶこと。

間違いなく、商会の次期会頭トルク・セドーニに直々に命じられたのだ。行き違いもすれ違いも勘違いもない。これが仕事なのだ。

彼女らは、これから向かう浮島に、魔獣狩りに行くという話だ。

つまり、危険な場所へ行き、危険な生物を仕留めに行く、ということだ。

あんな年端もいかない女二人が。

「……」

不安も心配もないわけがない。

ジュードが抱いているであろう感情を、バンデも抱いている。きっと他の船員たちも同じ気持ちだろう。

しかし、これで間違いないのだ。

今日のこの船の仕事は、彼女らを目的地へ運ぶこと。

たとえ自分の息子や孫より年下であろうと、彼女らを危険な島へ連れていくのが仕事なのだ。

気が進まないどころではない。

だが、雇われ者としては、やるしかないのである。

早朝のヴァンドルージュの空。

まだ暗い、いつもの空。

いつも通りの空なのに、今日は余計暗く見えてしまうのは、きっと気が重いからだろう。

日帰りの船旅なんて滅多にない楽な仕事なのに。

――そんな不安と心配は、島に上陸して、すぐ晴れることになる。

まずやってきたのは、通称「秋島」と呼ばれる島。

浮島現象の影響で、冬がない島……正確にいうと四季の寒暖差がおかしくなった島だ。

夏が過ぎて秋になり、そのままの気温と気候を維持して冬の暦に入るのだ。一応真冬なら真冬なりに気温は下がるが、氷が張るほどではない。

植物が豊富なこの島は、草食獣が多く生息している。

そして人は多くない。田畑は獣害ですぐにやられてしまうので、獣を資源とする方向で確立された島だ。できるだけ自然をそのまま残し、狩人や冒険家が獣を狩りに来るのだ。

　ここで狙うのは、刀刺鹿。

　数多の肉食獣や狩人、冒険家たちをてこずらせる気性の荒い鹿の魔獣である。

　名前の通り、突き出た角が刀剣のように鋭くなっており、それを振り回したり、頭から体当たりして外敵にぶつけてくる。

　鹿らしい臆病な面もあり、察知されたら逃げられるし、逃げ足は速いし、いざとなれば向かってくるし。成獣ともなれば従来の鹿より二回りは大きい巨体だけに、まともに体当たりされたら人などひとたまりもない。その上角が凶器になっているので、下手に当たればそのまま刺し殺される。しかも群れで行動している場合が多い。

　狩りに慣れた者がいないと、厄介な魔獣である。


「師匠。この島、暖かいですね」

「そうね。さすが秋島って感じね」


　約二百人ほどの集落になっている港から、少し歩けば、もう森である。

　その森へ向かう道に、駆け出し冒険家っぽい格好の女と、十歳にもならない子供が並んで立っている。


「じゃあ行ってきます。早めに戻りますので、出航の準備をしておいてください」

駆け出し冒険家が振り返りバンデに告げて、二人は返事も待たず森へと走っていった。

出航の準備。

こちらは無事帰ってくるか不安で仕方ないのに、彼女らはすでに次を見ている。

さほど強そうにも見えない、駆け出し感丸出しの冒険家が。しかも子連れで。

いろんな意味で苦々しく顔を歪ませるバンデは、しかし言った。

「すぐ出るぞ！　出航の準備をしておけ！」

しかし、これは仕事である。

どんなに心配だろうが不安だろうが、今日のバンデの仕事は、彼女らの足になること。

注文されれば応えるだけだ。

「――なあ船長、あいつら大丈夫かい⁉」

「――知らん！　いいから準備しろ！」

ジュードの心配なんて、そんなの同感でしかないに決まっているではないか。

――と、出航の準備をしている間に。

「船長！　単船を出してください！」

駆け出し冒険家が、大きな麻袋を担いで帰ってきた。

ついさっき森に行ったばかりなのに。

バンデなど、船を降りた状態のまま、次の目的地へのルートを確認していた最中なのに。

「え？　……あ？　単船？」

「荷運び用。仕留めた鹿を運んでください」

「……は？」

言葉の意味が理解できないバンデの足元に、駆け出し冒険家は背負ってきた袋を下ろす。

「これ竜頭鼠です。襲われたので狩りました。お金になりますよね？」

「は……あ、はい」

腕利きの冒険家。

この年端も行かない小娘が、凄腕の冒険家。

事前に聞いていたことと照らし合わせれば――むしろ情報通りではないか。

「――おいジュード！　荷運び用の単船を出せ！」

バンデが声を張り上げる。どこかで作業をしていたジュードが、何が何だかという顔をして、単船を運転して駆け出し冒険家と一緒に森へ行く。

それを見届けた後、バンデは置いて行った袋の中を確認する。

――確かに竜頭鼠の亡骸がいくつも入っていた。

たてがみのある巨大な鼠。シルエットがドラゴンの頭のように見えることから名付けられた魔獣である。普段は植物を食べているが、空腹なら自分より大きな獲物にも襲い掛かる獰猛な鼠どもだ。戦い慣れていないと大人でも危険な相手である。

まあ、駆け出し冒険家を名乗るなら、これくらいは狩れるだろう。

「……？」

血の臭いがしないことに気づく。

獣独特の臭気はあるが、血の臭いがない。

試しに一匹掴んで出して観察するが、……外傷らしきものがない。

もちろん鼠は死んでいる。

「……どうやったんだ？」

駆け出し冒険家はショートソードを吊っていた。だから戦うなら剣を使うのだろう。

なのに、鼠たちには外傷らしきものがない。

少なくともバンデにはわからない。

まさか毒か？

いや、それらしい刺激臭はない。だからたぶん違う。

「おいおい……こりゃ当たりかよ」

セドーニ商会の若旦那が言っていた通りだ。

くれぐれも失礼のないように。

とんでもない腕利きの冒険家だから。

——つまり、本当だということだ。見た目で判断していたが、それが大間違いだったということだ。

これからいくつもの島を回り、魔獣を狩っていく予定だった。

正直どんな腕利きでも難しい、めちゃくちゃなスケジュールだと思っていた。どこぞの傭兵団か有名なクランでも来るのかと思っていた。

なのに、やって来たのは女二人だった。

それが今朝の話だったが——この鼠を見て、ようやく理解できた。

「出航の準備を急げ！」

本当に腕利きの冒険家が来ていて、スケジュール通りに進行するとなれば。

ここでの滞在時間は本当に短いものになる。

果たして、急かすバンデが自分の作業をしていると、出て行ったばかりのジュードが戻ってきた。

乗っている単船に、何頭もの刀剌鹿を乗せて。

相変わらず何が何だか、という戸惑った顔をして。

やはり間違いないようだ。

このままスケジュール通りに進むなら、今日はとんでもなく忙(いそが)しくなりそうだ。

◆

本日の戦果。

暗殺鷲(アサシンイーグル)、三羽(わ)。

竜頭鼠(ドラゴンヘッド)、十六匹(ぴき)。

刀刺鹿(ソードディアー)、八頭。

極地対応型スライム、特大一匹。

雪大虎(スノータイガー)、二頭。

氷矢鳥(スノーアロー)、七羽と卵四つ。

火海蛇(カカジャ)、超特大(ちょうとくだい)一匹と、暴れた際に浮(う)いてきた魚大量。

幻獣(げんじゅう)・水呼馬(ミコバ)。狩ると呪(のろ)いが降りかかると説得されて未討伐(とうばつ)。

光蝶(こうちょう)、三十三匹。

足足茸(フットマッシュルーム)、特大一匹。ただし魔石のみ。身は現地で食べた。美味しかった。

初日はここまでだ。

楽しい時間というものはすぐに過ぎ去り、もう陽が傾いている。

夕方になると、船長に「もう飛行船に乗せきれない」と言われたので、引き上げることにした。まだまだ体力には余裕があるし、やっと私の勝負勘が戻ってきた気がするのだが。

まあ、今日はこれくらいにしておこう。

飛行船の甲板には、山と積まれた魔獣どもの亡骸。

こうして戦果として見ると、結構狩ったな。でも身体の方はようやく準備体操が終わったかな、くらいのものである。

どれを取っても歯ごたえがなかったからだ。

手を変えたりやり方を変えたり、山を登ったり谷を飛び降りたりして、自分なりに楽しめるよう工夫はしたものの、根本的に魔獣が弱すぎるのだ。

たとえるなら、大人が蟻を踏み潰すようなもの。

それでどうして楽しめるというのか。

まあ、なら楽しくなかったのかと問われれば、意外と楽しかったとは答えるが。遠慮のない拳を散々振るえたからな。弱い相手ではあるが。

やはり拳一つで片が付く世界は、面倒がなくていいものだ。

唯一楽しかったのは、途中で狩るのはやめろと言われた幻獣くらいかな。

確か水呼馬と言ったか。

水の身体を持つ不思議な馬だ。あれは物理ではどうにもならなかったから、滅多に使わない種類の「氣」を使った。

あれで何かを殴る機会は圧倒的に少ないので、貴重な体験ができたと思う。

「さすがはトルク殿が連れてきた冒険家ですな……」

最初こそ戦果に喜びはしゃぎ、次の浮島へ次の浮島へと嬉々として船を飛ばしてくれた船長や乗組員たちが、今ではすっかり顔を引きつらせている。

「大したことないですよ」

リノキスは平然と答える。

九割以上は私が狩って、リノキスはもっぱら「もうやめましょう！　このまま続けると絶滅します！」と言って止めていたくせに。無駄にキリッとした顔をして。

だがまあ、その対応で間違いないし、問題もない。

この調子で、冒険家リーノの名を売っていこうではないか。

――と、リノキスが「氣拳・雷音」で上半分を飛び散らせたせいで売り物にならなくなった足足茸を皆で焼いて食べつつ、ヴァンドルージュ首都ユーネスゴへと帰るのだった。

……しかしこれうまいな。香りが気高い。ホテルに持ち込んだらちゃんとした料理を作ってくれるだろうか。網焼きだけでこれだけうまいなら期待しかないんだが。

それにしても、やはり時間が勿体ないな。

まだ夕方だ。引き揚げるには早いと思う。だがこれ以上魔獣を回収できないから、続行できないと言われたんだよな。

今日の狩りでどれほどの稼ぎになるかはわからないが……まあ、今日のところはこれでいいか。

実際、本格的に高額魔獣を狙う予定は、明日以降に立ててある。今日は様子見の面が強かったのだ。私の初陣でもあったしな。昨日烏賊に遭遇しなければ。

でもこの辺の魔獣は強くないので、この分なら様子見なんてせず、いきなり危険度が高い魔獣を狙ってもよかったかもしれない。

なんでも数千万クラムの賞金が懸かっている魔獣がいるらしいのだ。これはさすがに強いだろう。金額が桁違いだからな。

だいぶ危険らしいが、むしろちょっと危険な目に陥ってみたいくらいだ。ぜひ強い魔獣であることを期待したい。

港に到着すると、私とリノキスはさっさとホテルに帰ることにする。後片付けはセドーニ商会に丸投げだ。

本当に楽だ。なんの不足もないサポートがありがたい。

「――あ、ちょっと待ってください！　止まってください止まってください！　そのままではちょっと！」

そしてホテルに戻ると、私はまた昨日のホテルマンに止められるのだった。

格好のせいだろう。

リノキスが仕留め損ねたせいで獲物が傷つき、返り血を浴びているからだ。私だけ。まったく……まだまだ修行(しゅぎょう)が足りない弟子(でし)である。

あ、これキノコなんだけど。なんか作ってくれる？

◆

ニア・リストンが従業員用大浴場で、リノキスが借りている部屋の風呂(ふろ)で汗(あせ)と汚(よご)れを流している、その頃(ころ)。

「もう戻ったのか？」

首都ユーネスゴに構えたセドーニ商会ヴァンドルージュ支部の倉庫で、仕入れの話や昨今の情報を交換していたトルク・セドーニの元に、商会で雇っている飛行船の船長バンデがやってきた。古株で信頼のおける船乗りだ。

この男には、冒険家リーノの足役を頼んでいた。

彼女が行きたいという場所に行け、できる限り要望に応えろ、そしてリーノが引き上げたら報告に来い、と。そう命じて動いてもらっていた。

高速船で聞いたところでは、リーノは夜を徹しての狩りはしないと言っていた。不慣れな土地だから陽の出ている間だけ活動する、と。

賢明な判断だと思った。

だが、それにしては。

「早かったな」

薄暗い倉庫から出入り口を見れば、まだ夕方で外は明るい。冬場なので日が短いということも加味すれば、かなり早めに引き上げてきたことになる。

何か予想外の出来事でもあって早めに帰ってきたのか。

もしやリーノが怪我をしたのではないか、などという心配が脳裏を過るが――

「それが、想定外のことがありまして……」

トルクの心配は当たらなかった。

「予想外だと？　トラブルか？」

「いえ……実際見てもらった方が早いので、来てもらえませんかね？」

「何かあるのか？」

「飛行船に乗せ切れないほど狩った、と言ったら信じます？　信じないでしょう？」

と、バンデは踵を返した。

確かに信じない。

耳を疑う以外の反応ができない。

だが、面白い話ではある。この目で確認したくなるくらいには。

「わかった。一緒に行こう」

トルクは確認しに行くことにした。

冒険家リーノの腕は確かだ。さすがに飛行船に乗せ切れないほど、などと言われても、大袈裟に言っているとしか思えないが。

しかし成果がないわけではなさそうなので、確認はしておきたい。

今後の予定、今後の商会の利益にも関わるので、リーノが一日でどれくらい魔獣を仕留められるかは、知っておかねばならない。

――と、思っていたのだが。

「まさか……まさか……!?」

港に泊まる商会の船には、周囲の目から隠すための布が掛けてあった。

一目見ただけではわからない。だがその布の下にあるものを知っているトルクは、不自然な山となって盛り上がっているそれを見て、悟る。

船に乗り切れないほど魔獣を狩った、などという眉唾としか思えない船長バンデの話。

バンデは真面目な男だ。つまらない冗談を言うとも思わなかったが、多少オーバーに言ったのだろう、くらいには思っていた。

だが、本当だった。

大袈裟どころか、そのまま言葉通りだった。

本当に飛行船に載せ切れないほどの魔獣、いや、宝の山を持って帰ってきたのだ。

「刀刺鹿は何頭いる⁉」

知らず早足になるトルクの問いに、慌てて追従するバンデは「八頭です」と答えた。

八頭。

僥倖。

三頭はトルクが注文したが、あくまでも「最低これだけは欲しい数」である。あまり多すぎても困るが、八頭くらいなら喜んで買い取れる。

一頭五十万クラム前後で買い取るとして。

解体して素材として方々に売りさばけば、百万から二百万の利益が出る。

特に刀剣のような角は芸術的価値が高く、物によってはそれだけでも百万クラムはする。

傷の少ない美品であることを祈るばかりだ。

「雪大虎（スノータイガー）はいるか⁉」

タラップを上る頃には、もはや小走りで息が上がっていた。昨今の運動不足で重い身体が恨めしい。

「二頭います！」

なんだと。

二頭も。

「毛皮に傷は⁉」

「ありません！」

ならば――トルクの頭が宝の価値を計算するも、答えが出る前に、宝の前に立ってしまった。

「布をとってくれ！」

近くでロープをまとめていた乗組員に指示し、ついに彼は、宝の山を目の当たりにする――

「……」

絶句。言葉が出ない。

いろんな宝が一度に目に入ってきて、焦点が定まらない——ここはあえて一番手前から見て行こう。

まずは刀剣鹿。

この魔獣は、巨大な鹿である。刀剣に似た鋭い角という武器があり、獰猛。並の冒険家なら数人がかりで、罠などを駆使して仕留めるのだ。

更に言うと、元が草食の臆病な性質なので逃げ足も速い。もちろん下手な罠を使えば角や毛皮に傷が付くことも多いので価値は下がる。

なのにどうだ。

この横たえ並べられた見事な刀剣鹿たちは。丸々原形を留めているではないか。

「これはどうやって仕留めたんだ？　毒か？」

血抜きと内臓の処理こそされているが、それ以外の傷はなさそうだ。

リーノは剣を持ってはいるが、アルトワールでも、仕留めた獲物に刃傷のようなものはほとんどなかった。

だからこそセドーニ商会では高く評価していた。狩るだけ、仕留めるだけでいいなら、他の冒険家でもできるからだ。

綺麗に仕留める。

だから素材としての価値が見込める。

その技術を、ここでも見るとは思わなかった。しかもこの量を、だ。

だが、もし毒を使ったなら、肉は食えないかもしれない。

刀刺鹿の肉はうまいのだ。買い取るレストランや貴族はいくらでもいる。

「首の骨を折ったと言っていました。雪大虎も同様に」

嘘だろう。

定めたはずの焦点がぶれる。ぶれてしまう。

――もういい、次は雪大虎を見よう。

刀刺鹿も厄介だが、雪大虎はもっと厄介だ。

個体として単純に強く、これ一頭で十数名からなる玄人の冒険家チームが壊滅させられることもある。

別名「死の吹雪」。

吹雪と共に移動し、吹雪と共に獲物を狙う雪大虎は、それと戦う前に天候と戦い続けねばならない。

運悪く出会ってしまえば死を覚悟するしかないのだ。

なのにどうだ。

こんなに美しい毛皮を傷付けず残して仕留めるなど、人ができることなのか。

これは間違いなく五百万以上の値が――待て！

「あれはなんだ⁉」

もう目移りが止まらない。ぶれっぱなしである。興奮が収まらない。タラップを上った時から続く動悸も激しいままだ。運動不足の身体が憎い。

「光蝶です」

「それは見ればわかる！　問題は瓶に入ってることだ！」

そう、問題は、生け捕りであること。

大きくない瓶が何本も並んでいて、その中で光が呼吸している。

光蝶は、その名の通り羽が光る蝶である。

生態はよくわかっていないが、身体に小さな魔石を持つことから、魔獣として認識されている。かなり珍しい蝶で、探すだけでも苦労する。

光る羽は、蝶自体が死んでも半年くらいは光り続ける。その美しく儚い光は、一部の好事家には根強い人気があり、それなりの値で売れるのだが――

生きたままの光蝶なんて初めて見た。

それが三十四以上。捕まえたという。

いかほどの価値があるのか……いや、これは可能性だ。この状態で飼育することができれば、新たな産業となり得るかもしれない。

その他、傷ものの竜頭鼠（ドラゴンヘッド）と氷矢鳥（スノーアロー）が数匹（すうひき）いて、「同行した小さい子が狩ったそうです」と聞いて納得（なっとく）すると同時に、あんな小さな子までしっかり強いということにもまた驚（おどろ）いた。

特に目についたのは、一際（ひときわ）大きな火海蛇（カカジャ）である。あれはトルクが注文した魔獣でもあるが、あんなに大きく、またこれほど見事に原形が残っているのは非常に珍しい。

あれだけでいくらの価値になるか。

とにかく数も種類も多いので、商会から応援（おうえん）を頼（たの）み、深夜まで宝の金勘定（かんじょう）は続けられるのだった。

本日の戦果。

刀刺鹿（ソードディアー）、八頭。

四百万クラム。

竜頭鼠（ドラゴンヘッド）、十六匹。

二百六十万クラム。三匹は傷物につき一匹五万クラム。

暗殺鷲（アサシンイーグル）、三羽。

九十万クラム。

極地対応型スライム、特大一匹。

身体は破棄(はき)、魔石のみ七十万クラムで買い取り。

雪大虎(スノータイガー)、二頭。

どちらも美品につき、一頭四百万クラム。

氷矢鳥(スローアロー)。七羽と卵四つ。

五羽で五十万クラム。二羽は傷物につき一羽三万クラム。卵は一つ二万クラム。

火海蛇(カカジャ)、超特大一匹と、暴れた際に浮いてきた魚大量。

一千万クラム。追加で冒険家組合から掛けられた懸賞金(けんしょうきん)二百万クラム。魚は数の多さから一時保留。

幻獣・水呼馬。

情報料百万クラム。

光蝶、三十三匹。

二百八十万クラム。捕獲(ほかく)分の五匹は一匹三十万クラム。

足足茸(フットマッシュルーム)特大一匹。

魔石のみ二十万クラム。

合計三千四百四十九万クラム。

◆

出稼ぎ二日目。

「お待ちしておりました、リーノさん」

今日も朝早くから港へ向かうと、すでに船長と乗組員が待っていた。昨日と同じ顔触れである。……昨日の別れ際は、狩りの戦果に若干引いた顔が多かったが、今日はやる気に満ちたいい顔をしている。

「今日は大丈夫ですよ」

と、船長はびしっと右手の人差し指と中指を立てて見せた。

「飛行船を二隻用意しておりますので、たくさん狩っても回収できます」

おお、二隻も用意してくれたのか。昨日獲物が載せ切れなかったからだな。

ということは、トルクは遠慮することなく稼ぐつもりだな？　私たちに遠慮なく狩れ、遠慮なく稼げと言っているんだな？

よろしい。

ならば期待に応えようではないか。

「それと、トルクさんより預かってきました。こちらが昨日の買取金額の見積もりになります。ご確認を。了承いただけるなら、後ほど正式な書類にサインをいただきたい」

「はいはい――お、おぉ……」

ずらっと並ぶリストにざっと目を通すリノキスは、一番下の項目を見て、小さく唸った。

「――お嬢様、すごい金額です。このペースで行けば二億は稼げるかと」

そして跪いて私の耳元で囁き、書類を見せてくる。――やめろ。数字なんて見たくない。

そんなものは冬休みの宿題以外で見るつもりはない。

「任せるから。全部任せるから。それしまって」

もうほんと嫌。数字って何？　八桁以上の足し算とか私の人生に必要ないのに。

「そういうのは後でいいでしょう？　さっさと行きませんか？」

そんなことより狩りだろう。今は。時間も惜しいし。

というわけで、挨拶もそこそこに船に乗り込むと、冒険家リーノの指示通りに航海が始まった。

船が二隻。どちらも貨物船だ。

私たちが乗っている飛行船を追従して、同じ型の船が付いてきている。

今日はたくさん積める、か。

「――師匠」

思い立った私が操縦室に向かうと、近辺の航空図を挟んで今日の予定を話しているリノキスと船長がいた。

私が面倒を丸投げしたのと、冒険家リーノが矢面に立って動いているので、諸々任せるのは仕方ないことだが。……任せっぱなしで申し訳ないとも思うが。

まあ、その辺はともかくだ。

「もう一隻あるなら予定を変更してもいいんじゃないですか？」

全体的に、狩りは日程や天候、そして積載量を考慮して調整した。

事前に、ヴァンドルージュに来る前から、効率よく稼げるように浮島を移動するルートを考えに考えて、できるだけ無駄を省いて組み立てた。

あの島であの魔獣を何頭狩って、次に……という感じで。私が動ける時間が限られているがゆえに、そうせざるを得なかったのだ。

だが、望外の二隻目が付いてきた。

ならば逆に、当初の予定通りやる必要はないだろう。

目標は十億クラムなのだ。数少ない出稼ぎの機会を無駄にはできない。

「今ちょうどその話をしてたの。これも経験だわ、リリーも参加して」

あ、そう。私が言うまでもなかったのか。

リノキスの自然な誘いに応じて、ここからは私も話し合いに参加する。――面倒も頭を使うことも苦手だが、私が戦う相手の話である。こんな楽しい相談に参加しない手はない。

「では少しだけ話を戻しますが」

船長も私に気を遣ってくれて、頭から説明してくれた。私なんて表向きは冒険家リーノの付き添い程度なのに。恐縮である。

「トルクさんから追加注文が入っています。適正価格より高く引き取るので、ぜひ狩ってほしい魔獣がいるとのことです」

ほう、追加注文があったか。

あり得る話である。トルクに頼まれた魔獣は、昨日で粗方狩ってしまっているからだ。

一日目は、慣れない土地ということで様子見することに決めていた。私にとっては今生、初めての狩りでもあるので、肩慣らしの意味も兼ねて。私自身がどれくらいやれるかも確かめたかったしな。なお飛行烏賊はイレギュラーの例外だ。弱かったし。

だから、一日目はトルクの注文を優先してみたのだ。

様子見を踏まえた上で、二日目から予定通りにやるつもりだったので、ちょうどよかったというのもある。

本格的にやり出せば、稼ぐことが最優先になる。となるとトルクの注文を聞いている余裕（ゆう）がなくなる可能性もあったから。

「追加注文は、雪大虎（スノータイガー）と火海蛇（カカジャ）と、禍実老樹（ベルウッド）と、災門蜂（さいもんばち）と、十文字鮮血蟹（ブラッドクロスクラブ）と、剣客蟷螂（けんかくかまきり）と……この国では危険だと知られている魔獣ばかりですな」

うん、聞いた名だ。

元々狩る予定の奴（やつ）らばかりだな。好都合である。

「リリーはどの魔獣が見たい？」

これから戦うであろう魔獣の名を聞いて、気負いなく弟子に意見を求める冒険家リーノ。

「全部。今日の内にできる限り回りましょうよ、師匠」

「そう？　リリーがそれでいいなら、そうしようか」

構図としては、子供が無邪気（むじゃき）に無茶（むちゃ）を言い、それを師匠が笑顔（えがお）で受け止める。

そんなリノキスの姿はとてつもなく頼もしく見えるようで、船長はおろか、周りで作業していた乗組員さえ手を止めて、尊敬と憧憬（しょうけい）の眼差（まなざ）しを向けている。

全身から溢（あふ）れる「どんな魔獣も私の相手じゃない」と言わんばかりに自信溢れる冒険家リーノの姿たるや、駆け出し冒険家どころか名のある英雄（えいゆう）のようである。

――売れている。今確実に、リーノの名が売れている。

まあ、何気に態度も間違（まちが）ってはいないしな。「どんな魔獣も相手じゃない」のは本当のことだ。

だって私が殺(や)るんだから。

朝陽が昇(のぼ)りすっかり空が明るくなった頃、目指していた第九十一下々層島に到着した。

ヴァンドルージュ皇国の領内にある浮島は、全て番号で名付けられている。この国は浮島の数が非常に多いので、名付けるのが面倒だったに違(ちが)いない。

街の名前や通称(つうしょう)といったものが付いている島もあるが、正式には番号のみである。航空図を見ながら進むならこちらの方が憶(おぼ)えやすいだろう。昨日行った「秋島」も通称だ。

そして、浮島の高度で上々層、上層、中層、下層、下々層と区分されている。

下々層は最下層で海の近く、または海に面している島のことである。

というわけで、私たち二人は単船で、半分海に根付いたままの島に乗り込んだ。

飛行船は上空で待機し、狩りが終わったら降りてくる予定である。

――さて。

「あれが十文字鮮血蟹(ブラッドクロスクラブ)？　大きいわね」

広い砂浜(すなはま)に、映(は)える赤い甲羅(こうら)。

空から遠目でも見えていたが、同じ砂浜に立って見ると、ちょっとした山のような巨体(きょたい)

である。学院の校舎とまでは言わないが、寮くらいはありそうだ。

鮮血を浴びたような毒々しい赤い甲殻を持つ蟹。右のハサミだけ異様に大きく、まるでとっておきの武器を見せびらかしているかのようだ。

甲羅には十字に見える模様があり、血染めの十字架に見える。それを背負っている様は、どことなく見る者に宗教的な畏怖を与える。

――まあ、私にとってはただでかいだけの蟹だが。

あれ一匹だけで貨物船がいっぱいになりそうだが、だからこそ今日最初の獲物である。あれを積んだ貨物船は一度ヴァンドルージュ首都に戻り、降ろして、また合流する手筈となっている。今日は二隻あるからな。

ちなみにあの蟹の首には、賞金二千万クラムが懸かっているとか。今回の出稼ぎで一番の大物である。

「ただ大きいだけの蟹なのに、無茶な値段をつけるわね」

私が言うと、リノキスは苦笑する。

「普通の人は勝てませんけどね」

なんでも、あれに挑んだ者はことごとくが返り討ちに遭い、もう何百人も死んでいるとか。加えてあれがいるせいでこの島はまだ調査・開拓が進んでいないそうだ。

蟹の発見からこれまでに百年弱の月日が経っていて……。

まあ、そんな歴史ある蟹が、これから死ぬわけだ。

無情だが仕方あるまい。真剣勝負ゆえに奴もたくさん人間を殺してきたのだから。

そのことを責める気はない。

これから行われることも、今までと同じ真剣勝負。

そして結果として向こうが死ぬだけの話である。私の方が強いから。

「あれ、『雷音』効きます？」

「ちょっと無理ね。あれは大きすぎるから、ダメージが入らないと思う。どちらかというと『轟雷』の方が効果的かしら」

「ガンドルフか……」

私が教えている者全員をライバル視しているリノキスは、面白くなさそうな顔をする。

「未熟な『轟雷』でも結果は一緒だけどね」

ちなみに「氣拳・轟雷」は、ガンドルフに教えた技である。速度重視で衝撃が突き抜ける「雷音」とは逆に、表面破壊力を重視した重い拳だ。

勤勉な彼は、今頃は必死で修行していることだろう。

「さ、そろそろ始めましょうか」

まだこちらに気づいていない……あるいは人一人なんて小さすぎて気にするまでもないと思っていそうな十文字鮮血蟹に向けて歩き出す。

「勝てます？」

「愚問ね。言ったでしょ？　ただの大きい蟹だって」

近づくにつれて、蟹の甲殻の至る所に傷があることがわかる。

戦いの歴史である。

すべてが戦の痕で、蟹が積み重ねた生きた歴史である。

――羨ましいものだ。

戦って死ねるならいいじゃないか。

老いて衰弱し、何に負けたわけでもなく戦わずして死ぬより、よっぽどいいじゃないか。

私はそれを望んで、結局叶わなかったから。

蟹の目がこちらを向く。

大岩のような右腕を振り上げ威嚇し、――なんの躊躇もなく蟹の攻撃範囲に踏み込んだ私に向けて、恐ろしい速さで振り下ろす。

したたかな打撃音と、砂浜を打ち震わす振動と、派手に吹き飛ばされる私と。

宙を舞う私と、蟹の目が合った。

——私の姿を魂に刻んでおけよ。次の命への土産になるやもしれんぞ。

そんな私の意思は……まあ、通じてはいないだろうな。

だって蟹だし。


「お嬢様！」

呆気なく宙を舞った私を追って、リノキスがやってくるが。

「問題ない」

ちゃんと受け身を取って砂浜に着地した私は、立ち上がって首を鳴らした。

まああの威力だった。

あの図体に似つかわしくない速度と、相応しい重さだった。

その程度だ。

「だいたいわかった」

今の私には一撃必殺は無理そうだ。

甲殻の硬さ、重さ、肉厚さ、どれをとっても一撃では倒せない。

——実にいい。本気で殴っても壊れない相手じゃないか。

時間があればじっくり遊んでやりたいところだが、生憎あまり時間は取れないからな。

手早く片付けてしまおう。

この状況に相応しい技も思い出したしな。

「リノキス、よく見ておきなさい。習得するのはまだまだ先になると思うけど」

と、私は一歩踏み出す。

きっと飛行船から船員たちが見ているだろうが、距離があるので、望遠鏡で見られていても細かいことまではわかるまい。

さっさと殺ってしまおう。

「これが『雷音』の一つ上の技――『彗星』」

そう言った私は、その数秒後。

もう、蟹の眼前を抜けて、奴の足の近くにいた。

私の動きは見えただろうか？

リノキスにも、蟹にも。

いや、きっと見えなかっただろう。

重苦しい衝撃音とともに、蟹の足が一本はじけ飛んでいた。

瞬きさえ許されない速度領域と、認識さえ追いつかない身体外傷。

氣拳・彗星。

一歩行き、二歩で音を超え、三足目で光となる超速の踏み込み。放つものは拳でも蹴りでもいい。私くらいになれば型などない。

少々の助走が必要なまあまあの技で、威力もまあまあだが。

このくらいの相手なら、これで充分だ。

……そもそもこの身体では、これ以上の技は厳しいしな。使った瞬間身体中の骨が砕けて腱が切れまくると思う。最悪爆散して自滅するんじゃなかろうか。

まあ、いい。

生き物をいたぶる趣味はないが、蟹の急所を一撃で、とはいかない。不可能なものは不可能なので仕方ない。

少しずつ命を削ってやろう。

許せよ、蟹。

本日の戦果。

十文字鮮血蟹、超特大一匹。特大六匹。

災門蜂、百三十三匹と特大の巣。

禍実老樹、特大一本、果実付き。

剣客蟷螂（けんかくかまきり）、三体。

雪大虎（スノータイガー）、二頭。

暗殺鷲（アサシンイーグル）、六羽（わ）と卵二つ。

風の噂（うわさ）程度には聞こえていた。

アルトワール王国に凄腕（すごうで）の新人冒険家が現れた、と。

耳聡（みみざと）い者、情報の価値を知る者、たまたま知る機会があった者、知り合いの知り合いから噂として聞いたという者。

経緯（けいい）は様々だが――ヴァンドルージュ皇国ではっきりと名前が出たのは、この日の朝のことだった。

「――おいおまえら！　蟹が狩られたぞ！」

冒険家ギルドにもたらされたベテラン冒険家からの一報は、仕事を貰（もら）いに来ていた冒険家や賞金稼ぎの耳に、確かに入った。

が。

「蟹ってなんだ？」

誰（だれ）もピンと来ず、ざわつくだけである。蟹ってなんだ、なんの蟹だ、どの蟹だ、と言いながら。

ヴァンドルージュの冒険家なら、誰もがあの巨大蟹のことは知っている。

少し歳のいった者なら討伐隊に参加していたり、蟹を避けての浮島探索をしたり、皇国の軍が動いた大規模討伐作戦を見ていたりと、大なり小なり関わっている。

彼らは慣れてしまっていた。

あの巨大蟹が生息していることに。

何者にも狩られることなく、そのうち寿命だかなんだかで消えるだろうから放置しよう、と。そんな感じで受け入れていた。

あまりにも強大な存在ゆえに、もはや戦おうなどと考える者はほぼいない。近づかなければ被害は出ないのだから尚のことだ。

もしいたとすれば、駆け出しか、奴に大切な人を奪われて復讐に燃える者くらいだ。

誰もがあの蟹の脅威を知っている。

人が敵わない存在だと認識し、あの島に生きていることに慣れてしまっていた。

だから気付かない。

あれは人がどうにかできる存在ではない。遠い未来で「光を食らう者モーモー・リー」や、「大地を裂く者ヴィケランダ」、名を呼ぶと不吉なことが起こると言われる「夜の支配者」

のような特級魔獣に認定されるだろう、と言われていた。

「――十文字鮮血蟹だ。あのバカでかい蟹だよ」

続報をもたらしたのは、奥から出てきたギルド長だった。

一瞬静まり返るロビーは、次の瞬間には、爆発したかのような大騒ぎとなった。

信じられないと連呼する者、賞金額がいくらだったか誰彼構わず聞く者、個人的な恨みから悪態を吐くもの、または憑き物が落ちたかのように強張った顔を崩す者。

いろんな反応はあったが、そんなものはどうでもいい。

重要なのは、あの蟹が狩られたという事実である。

ギルド長は、高額賞金の支払いもあるので呼ばれ、こっそり見分してきたのだ。

あれは間違いなく、軍でさえ狩ることができなかったあの十文字鮮血蟹だった。

そして、この国に広まることになる。

――十文字鮮血蟹を討伐した、冒険家リーノの名前が。

同刻。

皇国の軍部でも、同じ報告がもたらされていた。

「狩られた⁉　あの蟹がか⁉」

上官詰め所で書類仕事をしていた陸軍総大将ガウィンは、目を剥くほど驚いた。

「……」

同じく上官詰め所で書類を見ていた空軍総大将カカナは、どうしても報告を信じることができず、ただ眉をひそめるのみだった。

――十文字鮮血蟹討伐作戦は、国を挙げて何度か行っているのだ。

かつて仲が悪かった陸軍と空軍は、どちらが先にあの巨大蟹を仕留めるかと睨み合いをして、相手を出し抜いて手柄をあげようと躍起になっていた。

だが、単独では狩れないことを悟った両軍は、巨大蟹を仕留めるために手を組み、陸軍と空軍で総力戦を仕掛けて――それでも討伐に失敗したという苦い歴史がある。

その総力戦の被害や損失が大きかったせいで、国はもうあの蟹に拘わることを禁じた。たくさんある小さな浮島の一つをくれてやるくらい大したことではない、と。

国や軍のメンツより、実害を重視した結果である。

隣国の機兵王国が油断ならないので、あれ以上軍の被害を出すわけにはいかなかった、というのはわかるが……。

メンツを潰された軍にとっては、やはり、面白くない存在だった。因縁のある魔獣、とも言えるだろう。

──そんな蟹が、狩られたという。

「それは本当なのか？　誰からの情報だ？　おまえがその目で確かめたのか？」

カカナが、報告を持ってきた新兵を睨み付ける。

信じられないのも無理はない。

一国の軍が総出で狩ろうとして、何度も失敗しているのだ。ゆえに、もはや討伐できる者が現れるとは思えなかった。

特に、軍人としてアレとやり合ったことがある身からすれば、その意識は特に強い。

「は……はっ！　確認したのは見回りの兵ですが、冒険家ギルドのギルド長と一緒に確認し、ギルド長がそうだと判断したそうです！」

カカナの迫力と眼力に若干腰が引けたが、新兵の答えははっきり明確なものだった。

「我々の下に報告が来たんだし、嘘ということはないでしょ」

「わかっている。ただ信じがたいだけだ」

ガウィンの言い分は、カカナもよくわかっている。頭では「嘘ではないだろう」ということもわかっている。

ただ、信じがたいだけで。

あまりにも実感がなさすぎるだけで。

カカナ自身、あの十文字鮮血蟹と対峙したことがあるからこそ。

「確認してくる。――おい、単船の準備をしろ。私が出る」

それこそ自分の目で見ないと信じられない。完全に信じることはできない。

「――了解しました！」

敬礼し、新兵が出ていく。

あの蟹は自分の部下を、同僚を、何十人も奪っていった。恨みがないわけがない。

どんな情けない屍を晒しているのか、見てやりたい。

そして部下たちの墓に供えてやりたい――おまえたちを討った魔獣が仕留められた、と。

自分の手でできなかったのは悔しいが……高望みはするまい。朗報を届けられるだけでも恩の字だ。

「ふむ……よし、私も行くか」

ハンガーラックに掛けていた帽子を被りコートを羽織るカカナを見て、ガウィンも立ち上がった。

「先に行くぞ、ガウィン。さすがに一緒に行くのは恥ずかしい」

「馬鹿を言うな。行き先が一緒なら、揃って行かないと仲が悪いと思われるだろうが」

かつての陸軍と空軍の不仲は、兵どころか市井にまで影響が出ていた。

あの家の息子は陸軍だ、あの店の子は空軍だ、と妙な派閥ができてしまい、とてもやりづらくなっていた過去がある。

「チッ……二人乗りだけはしないからな」

そのせいで、二人一緒に仕事をする部屋「上官詰め所」なる場所ができたのだ。不仲ではないと総大将らが証明するために。総大将はこの通り仲良くやっているから一般兵も実家も揉めるなよ、と。

「つれないなぁ、カカナちゃん」

「ちゃん付けで呼ぶな！　私はもう三十一だぞ！」

「俺は三十七だよ？　おっさんど真ん中だよ？　そろそろ結婚してくれてもいいと思うけどねぇ」

「黙れ！　私は生涯結婚はしない！」

「同じ家に住んでるのに？　今日も同じ家に帰るのに？」

「先に行く！」

二人きりの時は、若い頃のまま。

幼馴染の腐れ縁は、同棲する恋人同士に発展しようとも、未だに続いている。

――そんな彼らは、すでに野次馬が溢れた港で、巨大蟹と再会する。

十文字鮮血蟹。

ハサミも、足も、すべてがばらばらに解体された無残極まりない姿ではあるが、間違いなくあの蟹である。

異様な厚みのある大きな甲羅には、あの日撃った大砲の弾の痕が薄く残っている――間違いなくあの個体だ。

見ているとあの日の激戦を思い出し、苦い記憶が蘇るが……それより。

「誰が殺った？」

今最も気になるのは、一国の軍さえ敵わなかった十文字鮮血蟹を、誰が、どのように仕留めたのかだ。

どこかの有名な傭兵団でも流れてきたか、と予想していたが――

「……アルトワールからやってきた、冒険家リーノ……？」

そして、その名前を知ることになる。

「カカナ、ちょっといいか？」

更に情報を聞き出そうとしているカカナを、ガウィンが呼んだ。

「なんだ？　邪魔をするな……なんだ？」

不機嫌を隠そうともせず振り返ったカカナだが。

その先にあった穏やかに微笑むガウィンを見て、身を寄せた。

周囲に聞かれたくない話をする時の顔だ――真剣さの欠片もないが、実はその逆。真剣に考えている時の顔だ。付き合いが長いだけにわかってしまう。

「――この件にはもう触れるな」

小声でそう囁かれた。

「――やはり動くか？」

「――ああ。これはもう裏の案件だ」

チラリとあらぬ方に視線を向けるガウィン。

その先をさりげなく確認し、カカナは傍を離れた。

「わかった。だがこちらで接触できたら裏には回さないぞ。いいな？」

「カカナちゃん優しいねぇ」

「黙れ。他国の者をこの国の事情に巻き込みたくないだけだ。国際問題も避けたいしな。文句あるか？」

「いいや。そこは同感」

そんなやり取りを経て、ガウィンは動き出す。

狩られた巨大蟹を見に来た野次馬たちの間を抜け、倉庫脇の路地に入る。

「――こっちでやる。いいな？」

低い男の声が囁く。

気が付けば、そこには屈強な大男が立っていた。

いや、元からそこにいた。

暗がりに同化するかのように気配を断っていただけだ。

「こちらに応じるようなら、こちらで対処しますよ」

「……ああ、それでいい。応じなければ動く」

それだけの言葉を交わし、大男は消えた。

「元気なおじいちゃんだねぇ」

そう呟いて、ガウィンも歩き出した。

――さっきの大男は、名をオルター・イグサスという。

今はなき陸軍第六師団執行部の元隊長だ。

昔は遊撃部隊と称された少数精鋭の工作兵。時代の流れで名を変え、更なる時代の流れに消えていった精鋭揃いの部署である。

長く戦争がなくなったことで必要性を問われ、消えていったのだ。

かのオルター・イグサスは、執行部最後の元隊長だ。しばらく軍の後進の育成に携わり、それから皇国を守護するために裏に潜った。

軍や法ではどうにもならない者を排除するため、秘密裏に動く自警団を作った。使えるチンピラや軍人崩れを集めて育成し、それなりの武力を抱えている。

まあ、ガウィンからすれば、私兵団と言った方がわかりやすい気はするが。

今のところ問題はない。

もう五十を過ぎる老兵だが、オルターはまだまだ現役。さっきの様子を見ても「愛国心」という行動理念は変わっていないようだ。ちゃんと部下を管理もできているのだろう。

問題は、オルターがいなくなった後の自警団だが。

元々人品や性格に問題がありそうな連中を集めているだけに、それをまとめる者がいなくなった場合だ。

きっと暴走する。

いずれマフィアの一角に堕ちるとすら考えられる。オルターの弟子とも言える部下たちは強い。強いがゆえに奢る、増長する、力で物事をねじ伏せる。

そうなれば皇国の邪魔、害になる。今はうまく作用している。だから黙認しているが、

そうじゃないなら……。

いつか引導を渡す時が来るかもしれない。

ガウィンはそんなことを、穏やかな微笑みの裏で、考えていた。

――更にその日の夕方、詰め所に戻った二人の元に、再び報告が入った。

近辺で脅威として知られる魔獣が次々狩られたという情報を確認するため、二人はもう一度、この港に来ることになる。

ますます裏案件だな、とガウィンは思った。

ここまでできる冒険家を知ろうとせず、あまつさえ放置するなんて、できるわけがない。

これは明確な脅威だ。個人が持つ武力としては許されないほどの。

冒険家リーノとやらが軍部の接触に応じるなら、よし。

しかし、もし応じないなら、裏のオルターが動くだろう。

思考も思想もやり方も融通が利かない石頭で、時代についていけない老人だが――それでもオルターは強い。個人としてなら、現役を含めても、恐らく最強だと思う。

持ち前の愛国心を理由に手荒な真似も平気でするので、まあ、結果がどうなろうと、きっと揉めるだろう。

リーノが大人しく応じてくれれば穏便に済むのにな、と願いつつ。

ガウィンは彼女が滞在するというホテルに、面会を申し込む伝言を送るのだった。

本日の戦果。
十文字鮮血蟹（ブラッドクロスクラブ）、超特大一匹。特大六匹。
超特大は報奨金（ほうしょうきん）二千万クラム。特大六匹は六百万クラム。
災門蜂（さいもんばち）、百三十三匹と、特大の巣。
千三百三十万クラム。巣は幼虫とまとめて二百万クラム。
禍実老樹（ベルウッド）、特大一本、果実付き。
五百万クラム。果実は一つにつき三万クラムで、三百六万クラム。
剣客蟷螂（けんかくかまきり）、三体。
九百万クラム。
雪大虎（スノータイガー）、二頭。
昨日同様美品につき一頭四百万クラム。
暗殺鷲（アサシンイーグル）、六羽と卵二つ。
百八十万クラム。卵は一つ五万クラム。
合計六千八百二十六万クラム。
一日目三千四百四十九万クラムと合わせて、一億二百七十五万クラム。

第五章　名が売れてきた

出稼(でかせ)ぎ三日目の早朝。

今日は少し雪がちらついている。冬らしい空模様だが、これくらいなら問題ないだろうということで出発の準備をする。

「――リーノ様、伝言を預かっております」

ホテルを出る際に部屋のキーを預ける折、すっかり顔馴染(かおなじ)みになったホテルマンがそんなことを言った。

本当によく呼び止められるものだ。彼には昨日も、蟹臭(かにしゅう)がキツいと止められたからな。

心当たりはある。あの巨大蟹の汁(しる)である。

さすがにあの大きさは一撃必殺できなかったので、足やハサミといった関節を一つずつ削っていった。その過程で浴びたものだ。

蟹の匂(にお)いなら別にいいじゃないか美味(おい)しそうで、と思ったのだが、そういう問題じゃないようなので大人しく風呂(ふろ)に案内された。

まあ、そんな余談はさておき。

「いよいよ来たわね、リリー」

うん。ヒエロ王子との面会だな。

一応そっちの方が表向きの主目的なので、ニア・リストンとしては最優先でこなしておかねばならない。

「……？」

……おや？

ホテルマンはよく磨き込んである木製カウンターに、二つ折りのメモ用紙を十枚並べた。

表には伝言相手の名前が書いてある。中に用件が書いてあるのだろう。

想定していたのは第二王子ヒエロからの一件だけだったんだが。どういうことだ。

「身元がしっかりしているのはこの十件になります。残りの三十五件に関しましては、名前を明かさない上に身元も不明ということで受け付けませんでしたので、ご了承ください」

三十……ああ、なるほど。

「名前が売れたようですね、師匠」

「昨日大物を狩ったせいね」

昨日の午前中、港は大騒ぎだったらしい。

十文字鮮血蟹が運び込まれたせいだ。賞金額が断トツだっただけに、ヴァンドルージュでは有名だったのだろう。

騒ぎのピークは、蟹の処理が済んで人目に触れなくなった昼辺りで過ぎたようだが。

熱狂冷めやらぬ輩が私たちの帰りを港で待ち伏せしていたりして、ちょっと面倒だった。

まあ名前は売れてもまだ顔は売れていないので、普通に目の前を通って帰ってきたが。

「どうしよう？」

うむ……さすがにホテルマンの前で、リーノ宛の伝言を弟子が読んで判断する図は、絶対におかしい。

「とりあえず重要な伝言だけここで確認して、あとは飛行船に乗ってからでいいのでは？　船長が待っているから急ぎましょう」

「ああ……そうね、そうしようか」

リノキスは、「ヒエロ」と差出人の名前が書いてある一枚を残し、残り九枚はポケットにしまい込んだ。

「――もしこの方の関係者が来たら、了解したと伝えて」

用紙を一瞥し、リノキスはホテルマンにそう言った。

ヒエロとの面会は最優先事項なので、私の返事は必要ない。なんであろうとこちらが予定を合わせるだけだ。

今日はホテルの裏口から出て、路地裏を通って遠回りして港へ向かう。

玄関は待ち伏せが多かったからだ。

蟹の一件で、冒険家リーノのことを知りたい者が、かなり増えたのだろう。

「順調に名前が売れてるわね」

「そうですね。武闘大会に向けてのいい宣伝になりそうです」

そうだな。金を稼ぐついでにできることなのも、手間が省けて楽である。

「――おはようございます」

今日も船の前で待っていた船長と合流する。

かなりの早朝だが、港にも人が多い。

素人も多いが、明らかに堅気じゃない輩の視線も感じる。

一応簡単に顔を隠すような扮装をしてごまかしてはいるが、すでに目星くらいは付けられているかもしれない。

誰かに絡まれる前に、さっさと飛行船に乗り込んで飛び立つことにした。

「すっかり有名になりましたな。いろんな人にあなたのことを聞かれましたよ」

操縦室に直行し船を飛ばすなり、船長は私たちがいるテーブルにやってきた。航空図を広げて彼待ちだった。

これから今日の予定の話し合いだ。

「ヴァンドルージュにいる間は、私たちのことはできるだけ話さないでください」

「ええ、トルクさんからもそう言われていますからね。あなたのことを質問されたら、セドーニ商会に聞け、の一点張りで返してますよ」

ここでもセドーニ商会のサポートが光る。有能である。

「して、今日はいかがいたしましょう？」

「今日は特に決めてないんです」

「はあ、なるほど。換金率が高い魔獣を狙うおつもりで」

そう、一日目と二日目で広く狩りをし、はっきり魔獣の値段が判明した三日目は、狙い目の高額魔獣を中心に仕留めて行こうと決めた。

事前に立てていた予定もあったが、より稼げる方向にシフトしたことになる。

恐ろしく高額だった十文字鮮血蟹は、あの一匹だけしかいない。もっと狩りたいと思っても不可能なので、方針変更は必要だった。

より稼げる方向にな。

「では先に、昨日の見積もりをお渡ししますね。ぜひ参考にしてください」

「ありがとう――お、おぉ……六千万以上……」

船長に渡された書類を見て、リノキスが目を白黒させている。そうか、昨日の稼ぎは六千万クラムを超えたか。

「一日目と合わせると、一億超えております。いやはや、すごい腕前ですな」

もっと褒めるがいい。私の拳は十億以上の価値があるのだ。……まあ船長ほか乗組員が羨望の眼差しを向けるのは、私じゃなくて冒険家リーノへ、だが。

「トルクさんから注文は？」

書類の額に震えているリノキスと、羨望の眼差しを向ける船長の間に割り込むように、私は質問してみた。そういうのは必要なことを話したあとにしてくれ。

「そうだね、やはり火海蛇が欲しいと言っていたよ」

ああ、火海蛇か。

昨日少し探したけど、結局見つからなかったんだよな。

「高額魔獣を狙うなら火海蛇狙いもいいと思いますよ。一昨日ほどの大きさなら、一匹一千万クラムですからな。それに――リーノさんならとっておきのやり方もありますし」

とっておき？

意味深な視線を向ける船長の言葉に、リノキスは深呼吸して書類をたたむ。

「そうね……それでいい？」

聞かれたので、頷いておいた。

船長の「とっておき」がなんなのかはわからないが、一匹一千万なら狙う相手としては悪くない。


さて。


甲板の真ん中に差し向かいで座ると、まず、ホテルで預かった伝言の確認をすることにした。

「伝言、開けてみましょう」

「あ、そうですね。――どうぞ、お嬢様」

紙を受け取り、広げる。ここには私たちしかいないので、誰に見られる心配もない。

どれどれ……ふむ。

ヴァンドルージュの貴族が二人と、皇国の軍の総大将殿と、冒険家ギルドのギルド長と、商業ギルドのギルド長と、ヴァンドルージュ支部の聖王教会と、有名な冒険家チームが数件と、児童養護施設か。

ビッグネームも混じっているが、内容はどれも似たり寄ったりである。

会いたい、話をしたい、寄付しろ、の三通りだ。

一部「この時間に来い」という、こちらの都合も聞かず日時を指定して呼び出し、なんて我儘な伝言もあるが、こんなのに付き合う理由はない。

私たちはアルトワール王国の民なので、この国の法に従う必要はあっても、この国の貴族階級や支配者特権の通例や慣例に従う必要はない。

どうせあと二日三日でヴァンドルージュを発つのだから、無視でいいだろう。

「ほかはどうでもいいですが、児童養護施設がちょっと気になりますね」

「そうね」

要約すると、明日食う物にも困っているからいくらか寄付しろ、という内容である。

正直、よく知りもしない相手に金を出せなんて言う輩は、ろくなものじゃない。

が、貧困で窮する子供が本当にいるのであれば、捨て置けないという気持ちはなくはない。恥も外聞もなく誰かに金をせびらないといけないほどの状況にいるというなら、子供が可哀想だ。

しかしまあ、よその国のことに首を突っ込むのもな……という気持ちもある。他国の者が政治や経済に口出しするのはトラブルのもとだ。

「セドーニ商会に調べてもらって、実情がわかったらいくらか出す、という方向でいいんじゃない？」

「そう、ですね。そうしましょうか」

うむ、無視するにはすっきりしないしな――おっと。

「早速来た」

「早かったですね。よろしくお願いします」

はいはい。

私は甲板の端に立ち、すぐそこにある海面を見下ろす。

……大きい方、だと思うけど、いくらくらいになるのかな？

ザバァァ！

海面を割り、大口を開けて巨大な海蛇が飛び出してきた。

火海蛇だ。

そこそこ大きなものなら何にでも食らいつくという、海の荒くれもの。とりあえず襲って食えそうなものは食い、そうじゃないものは殺して捨てる。かなり気性の荒い魔獣である。

身体は灰色の鱗に覆われているが、開いた口内が燃えているかのように真っ赤なことから、「火をも食らう蛇」という意味で名付けられたそうだ。

飛行船が海面近くを飛んでいたら、こうして襲い掛かってくる。

狙いは、私たち……というか、私たちが乗っている飛行船だ。

ドン！

海面から飛びあがり、飛行船に影を落とす火海蛇——の真上を取り、私は思いっきり海に蹴り落とす。

派手な水しぶきを上げて出てきた火海蛇は、それ以上に高い水柱を上げて海に落ちた。

「行ってきます！」

そして命綱を結んだ薄着の冒険家リーノが、海に飛び込む。

さもとどめを刺しに行ったかのように。

もちろん対外的なアレである。

実際はさっきの私の蹴りで、火海蛇は頭骨が砕けて死んでいるからな。

——船長の「とっておき」は、低空で海面を飛んで、飛行船を襲いにきた火海蛇を返り討ちにする、というものだ。

つまり、飛行船をエサにしておびき寄せる策だ。釣りとも言えるかもしれない。

私たちは、乗組員を避難させた貨物船の甲板で待ち、襲ってくるのを待つだけでいい。

今日も二隻出してもらっているからな。

冒険家リーノの強さがあれば大丈夫だろう、という乱暴で無茶なやり方である。まあそういう乱暴な無茶も嫌いじゃないが。

この狩りで大変なのは、狩る私ではなく、冬の海に飛び込むことになるリノキスだ。

寒空の下で大変だが、まあ、がんばってほしい。これもまた修行だ。それも荒行だ。荒行だと思えば私がやりたいくらいだが、リノキスに止められたから仕方ない。彼女は本当に荒行が好きだな。独り占めして。

「――ふぇぇぇさむいぃぃぃぃ……！」

リノキスが海面から顔を出した。さも「海中で仕留めてきましたよー」みたいな感じで。

そして、遅れて火海蛇の巨体が浮かんでくる。

仕留めた火海蛇を回収するために私が船が海面まで近づくと、びしょ濡れのリノキスが命綱を伝って甲板によじ登ってきた。

防風に加えて気温を上げている飛行船は暖かいので、しっかり温まってほしい。

……早くも二匹目が来ているが。

身体を拭く前にもう一度行ってくれ。

本日の戦果。

火海蛇(カカジャ)、超特大(ちょうとくだい)三匹(びき)、大三匹。

突槍鮫(ランスシャーク)、特大二匹。

鋸海月(のこぎりくらげ)、特大一匹。

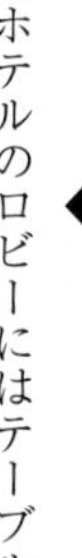

このホテルのロビーにはテーブルがある。

主に待ち合わせに利用する場所で、部屋を借りている客を待ったり、また外部から来る者を待ったりと。そんな使い方が主だ。

とあるテーブルに並んで着く男二人も、その類の利用者だった。

「本当に会うのか？　やはり帰った方がいいんじゃないか？」

左の男が言えば、右の男が答える。

「なんで帰るんだよ。苦労して寮(りょう)を抜(ぬ)け出して来たのに。あのニア・リストンに会うなんてチャンス、俺には滅多(めった)にないんだぜ」

何がチャンスだ、と左の男は思った。

控(ひか)え目に言っても「帰ってくたばれ」という言葉が妥当(だとう)。立場上言えないが、言える立場なら容赦(ようしゃ)なく言い放っていたことだろう。

かの少女は、もはやアルトワール王国の玉石。

現魔法映像業界において、替えの利かない存在である。

まだ齢十にも届かない現段階でそうなのだ。これから成長し、もっと光り輝き、もっともっとアルトワール王国中の人々を――あるいは世界中を魅了する、唯一無二にして孤高の至宝となるだろう。

魔法映像に長く拘わっているヒルデトーラも、最近急激に知名度を上げているシルヴァー家のレリアレッドも、同じだ。

彼女たちは今でもまばゆいが、これからもっと強い光を放つのだ。世界中を照らすような太陽のような存在になるはずだ。

――なのに。

なのに、なんだって光を食い散らしかねない害虫を近づける必要があるのか。

アルトワール王国第二王子ヒエロ・アルトワール。二十歳。

少し外向きに跳ねている金髪が特徴的な、見目麗しき王子様である。

かつては第一王子を蹴落として王位を狙っていた野心家だったが、学院高学部を卒業と同時に与えられた「放送局局長代理」という役職に就き、野心を忘れた。

それはもう見事なまでに、魔法映像の可能性に魅せられたのだ。

今やこの仕事を辞めなければいけないというなら、王位どころか王族の身分さえ捨てても構わない、とさえ思っている。

こうなってしまうと煩わしいだけになってしまった、ヒエロを玉座に座らせようとグイグイ推していた、とある高位貴人の娘との婚約もすっぱり解消した。

そのおかげで、支配者階級の世界では、かなり際どい立場になってしまったが……。

そんなことはどうでもいいとばかりに社交界からも遠ざかり、ただただ仕事に打ち込む彼は、それはそれで幸せそうだった。

少なくとも、野心に歪む顔よりは健全に、隠し事のない堂々とした生活を送れるようになった。

隠し事がなくなった以上、かつての政敵もめっきり減り、今や第一王子との関係も修復されて良好である。

非常に生きやすくなった。何より生きがいが見つかったことが嬉しい。

そんなヒエロの隣には、艶やかな黒髪と左目の下に二つ並ぶ小さなほくろが印象的な、見るからに軽薄そうな男がいた。

彼の名は、クリスト・ヴォルト・ヴァンドルージュ。十八歳。

ヴァンドルージュ皇国の第四皇子である。

十代でありながらすでに遊び人の雰囲気（ふんいき）をまとう皇子らしさの欠片もないこの軽薄な男は、ヒエロが持ってきた魔法映像（マジックビジョン）に強い関心を持っている。

そのおかげで友誼（ゆうぎ）が生まれ、歳も近いことから、すぐに気安い友人関係となった。

ヴァンドルージュに魔法映像（マジックビジョン）の文化を浸透（しんとう）させるには、絶対に必要な足掛（あしが）かりであり、人脈である。

だからこそ無下にできないところもある。

だが、何より。

「なあ、ニアって本当に足速いのか？　あれはそういう風に撮（と）って見せてるだけなんじゃないか？　イカサマじゃないのか？」

こいつは軽薄で口も軽いし軽薄で妙齢（みょうれい）の女性相手ならば二言目には口説きに掛かるような本当に軽薄な男だが、魔法映像（マジックビジョン）の熱心なファンである。

そうじゃなければ絶対にニア・リストンに会わせたくないし、会わせるわけがない。どんな手を使っても阻止（そし）している。

「本当にやっているとは聞いたが、どうかな。私も彼女とは初めて会うからわからない」

ヒエロも会ったことはない。

だがヒルデトーラを通して、ニアの話はよく聞いている。

非常に落ち着いていて、誰(だれ)に会わせても粗相(そそう)はしないくらいには子供らしくない子供、だそうだ。国王陛下(ヒュレンツ)を正面切ってバカにできる子、と聞いて少し驚(おどろ)いたくらいだ。

要するに「外交にも使える」というのが妹の意見だ。

ただの子供なら色々と心配だが、ただの子供じゃないなら……と、思ったがゆえにクリストを連れてきた。

――クリストは皇子という立場上、そう簡単に国を離れられない。そんな彼が初めて魔法映像(マジックビジョン)で活躍(かつやく)する演者と出会う機会なのである。

会わせたくはないし、やはりくたばれとも思うが……会いたい気持ちは痛いほどわかるので、渋々承諾(しぶしぶしょうだく)した形である。

ヒエロが売り込みの広報用に持ってくる映像は毎回全て観(み)るし、そこに出演する者にも強い興味を向けている。

彼にとってのニア・リストンも、その一人だ。

さすがの遊び人も、六歳だか七歳の女児とどうこうなんて考えないだろう。

――だが、それは「今」の話だ。

十年経(た)てば可能性はある。

この出会いが、いずれアルトワールが、いや世界が、ニア・リストンという至宝を失う可能性に発展するのではないか。

この男がニア・リストンという輝きを汚(よご)すような真似をするのではないか。

そう考えただけで、もう、もうなんか、なんか――――！

「おい、殺気が漏(も)れてるぞ。そういうのよくないと思いますけどねぇ」

ニヤニヤしながら指摘(してき)するクリストを見て殺気も増しそうなものだが、ヒエロは深呼吸をして心を落ち着ける。

深く考えると「隣の友人を殺すしかない」という結論に達しそうなので、もう考えないことにする。

もうすぐ、件のニア・リストンがやってくる。

今更(いまさら)揉めたって遅(おそ)いのだ。

◆

――今晩、食事を一緒(いっしょ)にどうですか？

それが今朝届いていた第二王子ヒエロからの伝言だった。伝言を貰(もら)ったその場で返答したので、これから会うことになっている。

「そろそろ時間かしら」

「そうですね。出ますか？」

私たちは少しだけ早めに狩りを切り上げて、ホテルに戻ってきていた。一応ヒエロと会うのは、今回の出稼ぎの主目的だからな。どうしても外せないのだ。

夕食の約束に向けて、準備は万端だ。

帰るなり風呂に入って汗や海水を洗い流し、髪を乾かし整える。魔法薬で色を変えていた私の髪も、解除薬で元の白髪に戻した。

そして諸々の準備が終わり、ゆっくり紅茶を飲み、陽が沈むのを待つ。

朝からちらついていた雪が、本降りになってきた。

この分だと明日の狩りは無理かもしれない。

そんなことを考えていると「手が止まってますよ」と注意され、何度もせっつかれつつ、嫌で嫌でたまらない冬休みの宿題をこなして。

約束の時間が来た。

「――行きましょう」

今晩は冒険家リーノと付き人リリーではなく、ニア・リストンと侍女リノキスである。

私は普段使いしている大人しめのドレスを着て、リノキスは侍女服を着る。

まだ数日しか役割の交換なんてしていないのに、なんだか少し懐かしささえ感じるいつもの格好で、部屋を出た。

ヒエロが時間通りに来ていれば、きっとロビーで待っているはずだ。


本日の戦果。

火海蛇(カカジャ)、超特大三匹、大三匹。

超特大は三匹で二千四百万クラム、大は三匹で千五百万クラム。

突槍鮫(ランスシャーク)、特大二匹。

一千万クラム。

鋸海月(のこぎりくらげ)、特大一匹。

三百万クラム。

合計五千二百万クラム。

一日目と二日目の一億二百七十五万クラムと合わせて、一億五千四百七十五万クラム。

◆

出稼ぎ四日目。

「お嬢様、今日は天候のせいで飛行船が出せないそうです」

朝早く部屋にやってきたホテルマンには、冒険家の格好のリノキスが対応した。

ホテルマンは、セドーニ商会からの伝言を持ってきたのである。

念のため外出する準備をしていたのが功を奏した。冒険家として動いていたリノキスなのに、侍女服で対応するとおかしいからな。

伝言を受け取りドアを閉めると、リノキスはテーブルで待機していた私にそう告げる。

「やはり中止になったわね」

今日は出稼ぎは無理か。

私も出られるよう稽古着は着ていたが、まだ髪は染めていなかった。昨夜戻したままの白髪である。

窓の外を見ると、結構な勢いで白いものが舞っている。降雪量も然ることながら、風も強いようだ。

航行が中止になるのも致し方なしの荒れ具合である。

昨日の夜から怪しいとは思っていたし、船長も「明日まで雪が降るようなら船が出せないかもしれない」と言っていた。

そして、案の定というか避けたかった事態が訪れたというか、こうして残念なお報せが届いてしまった。

降雪による悪天候のため飛行船が出せない、と。

これはさすがに如何ともしがたい。

無理して飛んで、飛んでいる最中に何かがあって船が落ちるようなことになったら、目も当てられない。命に関わるだけに無視はできない。

たとえ空であろうと、基本的に漁師と一緒である。

空模様と波模様により、船を出せるかどうかが決まるのだ。自然をなめてはいけない。

「それと昨日の魔獣の見積もりが届きました。確認します?」

「しない。任せる」

私に数字を見せるんじゃない。宿題だけでうんざりしているのに。

……しかしまあ、なんだな。

「でもどの程度稼げたかは気になるわね」

「確かに気になりますね」

リノキスはそう言いながら、今私が任せた封筒を開けて、中の書類を検める。

「あの高速船が出せれば明日まで狩りに行けそうですが、そうじゃなければ今日で終わりですからね。なのに今日が潰れたとなれば、出稼ぎはこれで打ち止めということになりますし」

うむ。実質昨日が最終日、ということになってしまう。

セドーニ商会のトルクには私たちの滞在日程を伝えてあるが、来た時に乗った高速船を帰りも用意できるかどうかはわからない、と言っていた。

そして明日も悪天候なら、今日と同じく狩りは中止となる。

学院の三学期始業日はどうやっても動かすことができないので、明日アルトワール行きの船に乗るのは確定している。

ただ、何時に帰るかが左右されるのだ。

明日の朝早く帰るか、明日の夕方まで猶予があるか、だ。

半日あればいくらかは稼げるはずなので、気になるところである。

「――えっと、初日から昨日のまでを合わせて、一億と六千万弱といったところですね」

一億と六千万弱。

「理想の半分ね」

「目標は三億クラムでしたからね。……それにしても金銭感覚が狂いそうな会話ですね」

うん？　うん……まあ元から金銭感覚がほぼない私には、十億は大金としか把握できていないが。今でも。

「実質三日で一億五千万超えなんですから、私は充分だと思いますけどね」

と、リノキスは書類をたたんで封筒に納める。

「それで、今日のご予定は？　昨日の約束を果たすということで？」

うん、こうなってしまった以上、別口の稼ぎを狙ってもいいだろう。

「私は反対ですよ。皇子だかなんだか知りませんけど、あの男は軽薄です。もっともお嬢様に近づいてほしくないタイプの軽薄な男です。ほんと軽薄極まりない」

いや昨日からそれ言ってるけどさ。

「年齢を考えなさいよ。私は七歳で、向こうは十八歳よ？」

ここまで歳が離れているのに、何の心配があると言うんだ。

「わかってないですね。お嬢様はそういうとこありますよ」

なんか軽蔑した目で言い切られたんだが。あ？　なんだ？　どういうとこがあるって？

「いいですか？　お嬢様は大人だ子供だの境界線を越えて、この世の全てのあらゆる存在より可愛いという動かしがたい事実があるんです。可愛ければなんでもいいという人間は私を筆頭に掃いて捨てるほどいるんです。そういう『子供だから大丈夫』なんて不安定かつ弱い根拠で安心していると痛い目に遭いますよ？　これからは私以外の大人には『こいつ子供でも平気な奴かもしれない』という、かもしれない精神を持っていてほしいのです。わかりますか？」

うん。なるほど。

聞く価値ないやつだったな。長々しゃべったくせに中身がないやつだ。

「じゃあ行きましょうか」

「私の話聞いてました⁉　あの男は軽薄だからダメって言ってるんですよ！　あの男は軽くて薄い男ですよ！」

掃いて捨てるべき子供でもいい筆頭の奴がなんか言っているが、聞く価値がないので聞かないでおこう。本当に全幅の信頼がおけない侍女である。

昨夜のこと。

「――本物だ……本物だ！　すげえ！　ニア・リストンだ！」

ホテルのロビーで、約束していたアルトワール王国第二王子ヒエロ・アルトワールと合流した折のこと。

出会うなり、主役であるヒエロ・アルトワールを押しのけて、彼は興奮していた。

それがヴァンドルージュ皇国第四皇子クリスト・ヴォルト・ヴァンドルージュだった。

ヒエロより「お互い非公式の場だから堅苦しいのはなしにしよう」と提案され、私はこれを快諾。

クリストは、後からバレるとややこしいことになるかもしれないから、と気を遣って名乗ったそうだ。

実にありがたい気遣いだった。知らないでお偉いさんと関わると、後々面倒事に発展しかねないからな。

彼は「今夜の俺は皇子じゃなくてただのファンだと思ってほしい」と言い、ヒエロに「邪魔だどけ」と何度か尻を蹴られながらも、私の出演した番組や企画についてべらべらしゃべり出した。

その姿は、本当に、ただの一ファンのようだった。

いや、ただのファンではないな。

あれは……そう、時々意気込んで話しかけてくる放送局の人とよく似ていた。

あの企画を観た、あの企画の意図は、あの企画の主旨は、あの時の言動は、と。

そんな疑問を問い意見を述べ、本人が頭の中に描いている企画や番組について出演者としてどう思うか意見を聞きたがる。

そんな少し空回りしている熱心な放送局員のようだった。

だからこそ、私も少しばかり気に留めた。

ヒエロがなぜクリストを連れてきたか、私に逢わせたか、ちょっとわかった気がした。

きっと彼が突破口だと考えているのだろう。

このヴァンドルージュ皇国に魔法映像の文化を植え込み、育てていくであろう人物とし

て、クリストに白羽の矢を立てているのだ。

皇子であることもポイントだが、特に、本人に強いやる気と熱意があるところがいい。

うまく行くかどうかはわかるはずもないが、やる気と熱意がない者は成功なんてしない。

だからこそ、魔法映像（マジックビジョン）のない国にも拘（かか）わらず、彼はすでにスタートラインに立っているのだと思う。

すでに気持ちだけは放送局局員、というスタートラインに。

そんなクリストと食事をしながら、いろんな話をした。

主役であるヒエロが、時々「君はもう帰れよ」とか「帰ってくたばれ」とかぶつぶつ言っていたが、連れてきたのはヒエロ自身である。

彼も、連れてきたらこうなることくらいわかっていただろうから、私もクリストとの会話を優先した。まあ質問されたことに答える程度だったが。

――そして、今日である。

「本当に行くんですか？　やめません？」

「これも広報と普及（ふきゅう）活動よ」

出稼（でかせ）ぎに出られない以上、どうせ今日はやることがないのだ。

一応お忍（しの）びで来ているので、堂々とヴァンドルージュ観光をするのも憚（はばか）られる。雪も降っているし、あまり出歩くものではないだろう。

ならば、昨日のクリストからの話を受けてもいいと思う。

――「明日ちょっと身内で集まる予定があるんだけど、よかったら顔を出さない？　俺はもっと君と話をしたい。もっと話を聞きたいんだ。ぜひ時間を作ってほしい」と、そんなお誘(さそ)いがあったのだ。

なんでもクリストの友人の誕生日で、時間のある同年代が集まるそうだ。ヒエロも呼ばれていて、まあ飲んだり食ったりして地味に過ごそう、と。そういう予定らしい。

非公式な集まりなので、誰かが呼ぶなら誰が行ってもいいんだそうだ。

誘われた時は「時間があれば行く」と答えた。

私の最優先は二つ。ヒエロと会うのと、出稼ぎだ。だから断るつもりだったが――天候による出稼ぎの中止により、スケジュールが空いてしまった。

こうして時間ができてしまったので、行ってもいいのではないかと思う。

少し顔を出して、様子を見て、邪魔そうならさっさと切り上げればいい。

ヒエロが行くなら、きっと魔法映像(マジックビジョン)の売り込みも兼(か)ねているはず。私が顔を出すことで多少なりとも彼の援護(えんご)ができるなら、結果を左右する決定打になるかもしれない。

これもまた、魔法映像(マジックビジョン)普及活動にしてコネ作りである。

いずれヴァンドルージュが魔法映像を導入した時、私がこちらに呼ばれることもあるだろうしな。

その時のための下地作りにもなる……と考えると、悪い話ではないと思う。

第一やることがないからな。

「いいからヒエロ王子に連絡を取って。リノキスが行かないなら私が直接行くわよ」

「……わかりましたよ、もう……」

ヒエロとの待ち合わせは、昼食時の直前。

食事は行った先に何かしら適当にあるそうなので、そっちでもらうことになる。

「お待たせしました」

約束した時間にホテルのロビーへ向かうと、待ち人がいた。

「やあ、ニア。こんにちは」

昨夜と同じテーブルに着いて待っていた第二王子ヒエロは、私が来るなり立ち上がって挨拶を返す。

外に跳ねた金髪が特徴的だが、それを含めて王子然としたハンサムな青年である。滲み出る気品というか、隠しきれない上流階級の雰囲気というか、見るからに貴族にしか見えない人物である。

――知っている者なら、赤い点の打ってある緑の瞳を見れば、すぐに何者か察することができるだろう。

それにしても、あの王様にも確かにちょっと似ている気がするな。親子だから似てもおかしくはないが……。

だが性格まであの青二才と似ていると腹が立ちそうだ。そうじゃないことを祈ろう。

「昨日は邪魔な奴を勝手に連れてきて悪かったね」

邪魔な奴というのは、クリストのことか。

「必要なことだったのでしょう？　無意味に連れてきたとは思っていません」

そう言うと、穏やかに微笑んでいたヒエロの表情が、王族の証である赤い点を打った緑色の瞳が、少しばかり圧力を発し出した。

「ヒルデ同様、過度の子供扱いはしない方がいいのかな？」

奴を連れてきた理由がわかっているなら相応の扱いをするけどいいのか、という意味だろう。それくらいは一応貴人の子としてわかるつもりだ。

「あまり込み入った話にはついて行けませんが、子供扱いは不要ですよ。飴玉さえ貰えれば喜べるような、無邪気な性格ではありませんから」

「わかった。ではそうしようか」

これからすぐ移動かと思えば、「出かける前に少し話そう」と、ヒエロは座り直した。

私も彼の隣の椅子に座ることにする。

内緒話をするなら、これくらい近い方がいいだろう。背後にリノキスが立つのは、盗み聞き防止のためでもある。彼女は不審だが優秀な侍女でもあるのだ。

「君がクリストの誘いに応じようと思った理由は、私の普及活動に協力する気がある、という解釈でいいかな?」

「そのつもりはありますが、ヒエロ王子の邪魔になるならすぐに引き揚げますよ」

この国に魔法映像を広めようとしているヒエロである。

売り込む相手は国。

もっと言うとこのヴァンドルージュの上層部、要人たちになる。

私の知らない兼ね合いや権力者との力関係や、とにかく面倒臭い権力関係や対人関係が複雑に絡んでいることだろう。

不用意に動くということは、ヒエロがこの国の支配者階級の世界で綱渡りしているのを、邪魔してしまう可能性があるということ。あるいは積み上げてきた諸々を崩しかねないということだ。

よかれと思ってやったことが裏目に出るなんて、よくある話だ。

それは避けたいと思っている。だから行動を起こさない、という判断も必要になる。なんでもとりあえずやってみよう、なんて軽率なことはできないわけだ。

「君なら大丈夫だろう。全てを台無しにするほど子供ではなさそうだ。昨日のクリストとの会話も、危なげなくしっかり返答できていた」

「あれは向こうが気を遣っていたから、自然とそうなっただけでしょう」

クリストは宣言通り、皇子ではなくファンとして私に接した。

アルトワール王国の中枢に拘わりそうなことや、魔法映像の構造やシステムなどの話には一切触れず、番組と企画だけに焦点を当てていた。それも私が答えやすいようにだ。

答えに窮する質問はなかった。

小気味よくやり取りできたあの話術は、彼の武器であることは間違いないだろう。

見た目によらず油断はできない相手だ、というのがクリストに対する私の感想である。

軽薄だが。しかしあの軽薄さも彼の武器の一つだと私は見ている。

「それが理解できるなら問題ない」

そうか。ならあまり身構えなくてよさそうだ。

「では、私はどう立ち回れば？」

「特に制限はしない。が、私が誘導する方向にそのまま進んでほしい。初対面に等しい君を利用するようで気は引けるが……」

「目的が同じで利害も一致しています。私もこの国に来るためにあなたを利用しました。お互い様です。そんなことより今は魔法映像を広めることこそが肝要。そうでしょう？」

「……うん。その通りだね」

ヒエロは立ち上がり、私に手を差し出す。

「行こうか、ニア」

その手に、自分の手を重ねる。

「ええ」

どうやらエスコートしてくれるようだ。王子のエスコートとはなかなか恐縮である。

外へ出ると、正面に黒塗りで装飾も美しい箱形の大型単船が待っていた。大きさからして六人乗りくらいかな。

恐らくヒエロが乗ってきたもので、これで降雪の街を移動するようだ。

「こちらでは街中を飛行船が走るんですね」

さすがは飛行皇国と言うべきか。アルトワールでは街中で飛行船を出すのは基本禁止なんだよな。例外は有事の際、緊急事態の時くらいのものだ。

「王侯貴族だけ許されているんだよ。それに、あまりスピードも高度も出ないようになっている。……いずれ庶民も個人で所持・使用できる時代が来るかもしれないな。その時は接触事故が増えそうだが」

薄く積もる雪を踏みしめ、寒風から逃げるようにして単船に乗り込む。

中は前後で区切られていて、前が御者席……正確には運転席になる。私とヒエロは後ろで、護衛として同行しているリノキスは御者と一緒に前に乗ってもらう。

中は暖かい。

ワインレッドのベルベット生地を張られた内装は、貴族御用達だけに高級感がある仕上がりである。なるほど、高級志向の単船か……あっ。

「出してくれ」

私が思い出したのと同時に、ヒエロが船を出すよう指示した。

――そうだ、忘れていた。両親から言われていた入学祝いの飛行船、見に行っていないではないか。

すっかり失念していた。

狩りに夢中だったせいだ。あと隣国に来てまで大嫌いな宿題にも追われたせいだ。

うーん……ちょっと見に行く時間がないな。あるとすれば、これから行くパーティーの帰りくらいだろうか。

こうなるとセドーニ商会に相談して用意してもらうのもありな気がするが……。

……まあいいか。

個人所有の飛行船なんて今絶対に必要なわけでもなし、後で考えよう。

天候が悪いだけに表を歩く人は少ないが、開けている店は多いようだ。

途中で単船を停め、これから行く集まりのための手土産代わりに、ヒエロが高いワインを箱買いした。

その横で私も両親への土産用に同じワインを二本買った。呑みたい。でも年齢的に絶対にダメだ。荷物としてリノキスに渡すと、店主にホテルに届けるよう手配した。そういうやり方もあるのか。

昨日はクリストを優先したので全然話せなかった分、道中ヒエロと話すことができた。

だが、もはやお互いの職業病と言っていいのかもしれない。

どうしても話題は魔法映像の方向に行ってしまう。

「『料理のお姫様』を考えたのは君の兄だそうだな？　ぜひ褒美を出したい」

「それヒルデも言ってましたよ」

「あのシルヴァー放送局の紙芝居は痛かった。ぜひ王都放送局から生まれてほしかった」

「まったく同意見ですね。あれは本当に悔しいです」

――そんな話をしている間に、単船は目的地に到着した。

「少し名残惜しいが、行こうか」

移動中の話が弾んだおかげで、あっという間だった。

ヒエロは私の反対側から先に船を降り、わざわざ回り込んでドアを開け、降りる時もエスコートしてくれる。気遣いもスマートな王子様である。

……この男がアルトワール王国王都放送局局長代理、か。

確か前国王が正式な局長で、魔法映像業界のトップだという話だった。

しかしそれは対外的なもので、実際はお飾り。

局長代理たるこのヒエロ・アルトワールこそが、魔法映像業界の舵取りをしていることになる。

――あの王様の息子だけあってなかなかの切れ者だということは、この短い時間でもよくわかった。

王様は、頭の中から家族を締め出すほどに王という役職に傾倒しているようだが、この男は放送局局長代理という役職にのめり込んでいると思う。

その証拠に、ヒエロは魔法映像の番組を、八割から九割は観ている。いや、もしかしたら全て観ているかもしれない。

シルヴァー領が参戦する前ならそう難しくなかったと思うが、今は違う。毎日数本は新しい番組が生まれ、観るだけでも半日は費やされることになる。

局長代理の権利を利用し、映像を保存している魔石から直で番組を観ているそうだ。だから放送される時間や、場所を選ばないという強みはあるようだが……。

それにしたって、こうして他国に来て活動するほど忙しい身で、どこで観る時間があるというのか。

そう考えると、仕事以外のヒエロの生活は、全て魔法映像を観ることで消化しているのではないか、という恐ろしい想像に辿り着く。ちゃんと寝ているのだろうか。

……あえて確認はしない。

ヒエロは殊更それを主張したいわけでもないし、察してほしいわけでもないし、自慢したいわけでもないだろうから。

ただ、得難い人材であることは間違いなさそうだ。

彼がいなくなっただけで、魔法映像業界は立ち行かなくなるのではなかろうか。彼が背負っている責務はあまりにも大きい気がする。

……リストン家の財政も気になるが、根本的な意味でも、早く魔法映像業界を軌道に乗せたいものだ。

そして少しばかり、ヒエロに楽をさせてやりたい。

放送局局長代理とは、想像以上に激務のようだから。

意識や精神は苦もなく過ごせているかもしれないが、しかし、肉体が付いてきているかどうかは別だ。

若い内は無理も無茶もできるが、それだって限界はある。

過労で倒れるようなことがなければいいが。


「ハスキタン家へようこそ」

ヒエロと話している間に単船は敷地まで入っていたようで、庭を通り、門からかなり離れた屋敷の前まで着けていた。

降りるなり、中年の執事が出迎えてくれた。

……家、でかいな。

まあ、ヴァンドルージュ皇国第四皇子クリストからのお誘いだけあって、そりゃ庶民の知り合いで集まるってわけもないよな。えっと、ハスキタン家？　ちょっと聞いたことはないが、この国ではかなりの名家、かなり高位の貴族であるようだ。

ヴァンドルージュのマナーとかよくわからないんだが……。

よし、こっちの礼儀作法なんて知らないし、困った時は子供のふりで乗り切るか。実際子供だし。

「――ニア！　待ってたよニア！」

おっと。

ドアをくぐるなり、待ち構えていたクリストが熱烈に歓迎してくれた。――舌打ちをするなリノキス。聞こえてるぞ。

「来てくれたんだ！　俺に会いに来てくれたんだ！　感激だよ！」

「もう昼なのに、まだ寝ぼけてるのかい？」

ヒエロの冷たい横槍もどこ吹く風で、「さあさあ」と私の背に回した手でグイグイ押してくる。どこぞへと案内したいようだ。――ヒエロ、公の場で皇子相手に「くたばれ」はダメだと思う。互いの立場ではリアルに国交問題だ。

まず家人に挨拶したいのだが、クリストが強引に誘うので、とりあえずそのまま向かうことにする。この流れで悪い扱いはしないだろう。

連れて行かれたのは、暖炉に火が入れてある暖かい部屋……応接間か、客間だろうか。

さほど広くはないが、品の良い家具が揃っていて過ごしやすそうな部屋である。

「ニアが来た！　アルトワールの姫君だ！」

いや姫君はヒルデトーラだ。……有名人的な意味で言っているんだと思うが、同業者に本当に姫君がいるからな。紛らわしい呼び方だ。

そんな雑というか、大雑把というか、事実とは違うというか……とにかくクリストが変な紹介をした相手は、三人である。

右から、クリストにかなり似ている女性。……だよな？　中性的ではっきりしないが。

年齢も彼と同じくらいか、ちょっと年下かな。

真ん中には、かなり大柄な赤毛の青年。私どころかリノキスの足元にも及ばないが、かなり鍛えているようだ。

そして左には、目を引く美貌を持つ女性。ダークブラウンの長い髪が美しい。

三人は、暖炉の前にソファーを寄せて談笑していたようだ。恐らくは私たちが来る直前まで、クリストもここにいたのだろう。

「――来たのか。えっと……すまんが、先にヒエロ王子に挨拶をさせてくれ」

赤毛の大男が立ち上がり、クリストに誘われた私のすぐ後ろを付いてきていたヒエロに、まずはと軽く挨拶する。

「ヒエロ殿下、来てくれて感謝する。だが本当に内輪だけの集まりだ、今だけは身分も立場も忘れてほしい」

「もちろん。私はクリストと、君という友人に呼ばれてきたつもりだよ、ザック」

なるほど、赤毛の彼がこの屋敷の者か。全員十代後半くらいだから、クリストと身分ではなく横の繋がりで交流があるのだろう。

簡単な挨拶を済ませた赤毛は、私の前に片膝を突いた。

「──ようこそ、ニア・リストン。君の姿は、ヒエロ殿下が見せてくれた魔法映像で何度も拝見している」

ちょっと不器用な笑みに好感が持てる。彼はきっと子供が苦手か、あまり女や子供に慣れていないのだろう。そういう意味ではクリストの軽薄さが際立つな。

「私はザックファード・ハスキタン。今日は私の許嫁の誕生日なんだ」

へえ。

「初めまして、ザックファード様。ニア・リストンです。本日は我儘を言い、ヒエロ王子に頼んで同行させていただきました。

何分異国なこともあり礼儀作法が心配なのですが、多少の無礼はどうかご容赦を」

ドレスの裾を広げて少しだけ頭を下げるという、ライム夫人仕込みの貴人用の挨拶をしておく。さすがにこの国では無礼に当たる挨拶の仕方、ということもないだろう。

「さあ、外は寒かっただろう。暖炉の前へ。向こうの二人を紹介しよう」

一応歓迎はされているようだ。

少なくとも、私が来たことに対する悪感情は、誰からも窺えない。

…………。

しかし、見る限りでは、全員かなり上の立場の者のようだ。上位貴族のご子息ご息女という感じである。

まず、赤毛の青年ザックファード。

この屋敷の大きさ、敷地の広さからして、ハスキタン家は大貴族と言ってもいいのではなかろうか。そこに名を連ねる者であるなら、皇国への発言権も大きそうだ。

クリストとそっくりの女は、恐らくは皇族だな。

彼の実妹か、腹違いの妹だろう。それとも親戚？　まあわからないが、無関係の他人ではないはず。だとすれば皇国のトップへの発言力も有している可能性はある。

ダークブラウンの髪の女性は、ヒエロと同じである。

誰が見ても貴族、誰が見てもお姫様という美貌と気品を兼ねた存在である。もしかしたら彼女も皇族の関係者かもしれない。まあ何にしろ金は持っているだろう。権力はなくとも金があればいい。

そして、ヴァンドルージュ皇国第四皇子クリスト。

彼の場合は言わずもがなである。金も権力も発言力も期待できる上に、魔法映像（マジックビジョン）に興味（きょうみ）津々（しんしん）。

この国に魔法映像（マジックビジョン）が導入されるのであれば、きっとクリストが先頭に立って発展させていってくれるはず。

なるほど。

すばらしい集まりじゃないか。

ここでうまいこと売り込みができれば、魔法映像（マジックビジョン）導入に大きく前進しそうだ。

ザックファード・ハスキタンからの紹介で、女二人と面通しをするが——だいたい読み通りだった。

大きく予想が外れることもなく、順当と言ったところか。

クリストそっくりの女は、クロウエン・ヴォルト・ヴァンドルージュ。案の定彼の妹だった。異母兄妹（きょうだい）らしいがとてもよく似ている。

軽薄な優男を絵に描いたような兄と違い、妹は少し堅そうなイメージがある。やはりキリッとした目元のせいだろうか。

あと、この四人の中では……いや、ヒエロ王子も含めて五人の中では、彼女が一番強い。まあ常識の壁を越えていないので、どんぐりの背比べでしかないが。

ダークブラウンの髪の女性は、フィレディア・コーキュリス。

機兵王国マーベリアの王族の遠縁にあたる高位貴族で、姫君という扱いで間違ってはいないという結構な大物だった。金もあるし権力もあるようだ。実にいい。

整いまくった顔立ちもそうだが、暗めの色の髪と白い肌のコントラストが美しい。髪色から際立つ首筋の白さがなまめかしい色気を放っている。

で、彼女がザックファードの許嫁なんだそうだ。

あと、彼女が一番弱い。まあ弱いというか、貴族の女性として、肉体を鍛えたことなどないというだけだが。普通の女性である。

「クロウ以外は同い年で、来年修学館を卒業する。ザックとフィルは、卒業したらすぐに結婚ってことになってるんだ」

一通りの自己紹介が終わり、暖炉前に集めたソファーに座ると、クリストが雑に関係性の説明をする。

修学館というのは、アルトワールで言うところの学院のことだろう。そこで同級生で友人の三人と、なんだかんだ縁があるのだろう年下のクロウエンが混じった。

いわゆる仲良し貴族四人組である、と。

「初めてじゃない？　ザックを怖がらなかった子供って」

フィレディアがすぐ横にいるザックファードに、なかなか強気な笑みを向ける。なるほど、彼女はきっと好きな異性に意地悪をしたくなるタイプだな。

「初めてじゃない。二、三人はいた」

心外とばかりにザックファードは答える。なるほど、あの許嫁同士はあんな関係か。まあ仲が良さそうで何よりである。

ちなみにザックファードの顔はそんなに怖くはない。眉がはっきりした精悍で厳しそうな顔立ちだ。見るからに不器用そうでもある。

「ニア・リストンって、あの犬の子か。魔法映像の。クリストも好きだな」

あ、クロウエンがひどいこと言った。犬の子は意味が違うだろ。

「そうそう、あの犬の子な」

そうそうじゃないだろ、なぜクリストは同意する。犬の子では意味が違うだろう。

「魔法映像か……ヒエロ殿下の顔を立てるためにも検討はしたいが、額が額だからな」

ザックファードの真剣味を帯びた呟きに、三者三様の反応を見せる。

フィレディアはあまり興味なさそうにワインをあおり、クロウエンは我関せずという態度で意志を見せない。

「あれだけすごい技術なんだぜ？　元くらいすぐ取り返せるって」

前傾姿勢かってくらい前向きに考えているのは、クリストのみか。……前向きというか、深く考えていないだけという気も――いや、彼は頭が回る。軽薄で適当に見えても打算や勝算はしっかり考えている気がする。

「実際あれは、どんな形で利益が出るものなんだ？　軍事利用ならいくらでも利点が思いつくが、アルトワールではその手の使い方はしていないようだし」

ザックファードの疑問は私も気になる。

あれはどういう形で利益が発生しているのか、私もよくわかっていない。

確か広告料がどうこう、という話は聞いたことがあるが……でもどの程度の金が、どのように動いているかは、さっぱりだ。

「私も気になる。すでに何度かヒエロ殿からは聞いているが、できれば売り込みたい経営者ではなく、ただの関係者の意見を聞いてみたい」

そうだな。クロウエンの言う通り、私もちょっと気になる…………ん？

………。

あ、ここで言う「経営者ではなく、ただの関係者」って私のことか。経営者はヒエロで、私は魔法映像(マジックビジョン)の関係者だから。

気が付けば、全員が私を見ている。

――ヒエロが何も言わないので、私が答えていいようだ。まあ内容的にまずいと思えば止めるだろう。

「子供なので詳(くわ)しくは教えてもらっていませんが、広告料が動いていると聞いています」

「広告料?」

「商品、あるいは場所、もしくはイベントなどを知らせる方法です。皆(みな)さんはもう観(み)ていると思いますが――」

私は、番組で酒を飲む企画……まあベンデリオの出ている「リストン領遊歩譚(たん)」だが、それを例に出して簡単に説明した。

番組で酒を飲む。

番組を観て興味を抱(いだ)いた者が、その酒を買う。

この二つの仕組みで利益が発生する、というものだ。……たぶんこれ以外にもあると思うが、私が知るのはこれくらいである。

「あとはそれの応用ですね。新しくできたレストランの告知、名物料理の告知、劇の告知と、『広く知らせる』という点においてはこれほど優秀なものはありません。

何せ大抵（たいてい）は視覚情報も付いてきますから。ほんの少しでもどんなものなのか窺（うかが）い知れれば、興味を抱きやすいですから。映像は言葉より雄弁（ゆうべん）です」

こんなものでいいだろうか。……ヒエロが何も言わないので、問題なさそうだ。

「ニア、大事な話を忘れていないか？」

いや、まだのようだ。なんだヒエロ。私に頭を使わせるなよ。

「――もし嫌（いや）じゃなければ、君の生い立ちの話を聞かせてあげたらどうだ？」

生い立ち？

……ああ、あの話か。

今やアルトワールではだいたいの人が知るところとなっているくせに、逆に当人はもう忘れがちという、あの話か。

「少し話が長くなるかもしれませんが、よろしいですか？」

そして私は、リストン家が魔法映像（マジックビジョン）参戦を決定した、ニア・リストンの命に拘わる話をするのだった。

もう三年前になってしまう。

私がニア・リストンとなって、もう三年だ。

いろんなことがあった気がするが……正直、ここ三日でようやく果たせた武による狩りと、撮影のことしかパッと思い出せない。それと憎きベンデリオへの憎悪。

あとは忌々しい宿題くらいか。本当にいつまでもいつまでも、たとえ忘れようとしても付きまとってくる油汚れのようなやつだ。宿題ってなんだ。あんなものがなんの役に立つんだ。数字とか。八桁の数字とか。あんなの私にとっては特級魔獣より凶悪な天災、災厄の類である。数字とか。あんなの考えた奴の気が知れない。

――まあ、数字などという人類最大の災禍のことは置いておくとして。

ザックファード、フィレディア、クロウエン、そしてクリストに、私の始まりの話を聞かせる。

かつては死に至る病に臥していたこと。

両親が広く助けの手を求めるために、魔法映像業界に多額の資金を投じ、いち早く領内にそのシステムを取り入れたこと。

そして、なんだかんだあって助かり、もう三年が経ったこと。

「――これが私の生い立ちの話になります。まあ厳密に言うと生い立ちではないですが」

だが、今ニア・リストンが魔法映像（マジックビジョン）に拘わっている理由は、よくわかっていただけたことだろう。

「いただきます」

話は済んだので、ソファーの横にあるローテーブルに手を伸（の）ばす。

話している最中にハスキタン家の使用人が持ってきてくれたサンドイッチをいただく。

おお、肉が分厚い。豪華（ごうか）だな。——ちなみにリノキスは今、御者と一緒（いっしょ）に別室待機となっている。

「……なるほど、『広く知らせる』とはそういうこともできるのか」

ザックファードほか三人は、今の話に何かしら思うことがあったのか、考（かんが）え込んでいる。

……ヒエロがこの話をするよう勧（すす）めた理由は、確かにわかるな。

ニア・リストンのエピソードは、魔法映像（マジックビジョン）が絡んだ「わかりやすい感動話」である。

歴史の浅い魔法映像（マジックビジョン）だけに、まだまだ逸話（いつわ）は少ないかもしれない。しかし「有名な逸話」と言われると、真っ先にこの話が出てくる人は多いのではなかろうか。

もしかしたら代表的な話とさえ言えるかもしれない。

あの話はとてもわかりやすい、魔法映像（マジックビジョン）の可能性を感じる使い方である。そしてそれを当事者が話すのだ、説得力もそれなりにはあると思う。当人は忘れがちになっているが。

「今はもう大丈夫なの？」

フィレディアの問いに、食べかけのサンドイッチを皿に戻して頷く。

「おかげさまで。もう病気に負けないようにとしっかり鍛えていますし、犬と走れるくらいには元気になりました」

でもってこの三日ほどは、高額魔獣をたくさん狩って一億五千万以上を稼いだわけだ。

宿題さえなければ楽しい出稼ぎの旅になったのにな、と思えるくらいには、すこぶる元気である。宿題さえなければ楽しいだけの旅行だったのにな。

「――そうだ。私はそっちの方が気になっていたんだが」

再びサンドイッチに手を伸ばそうとしたが、そんなクロウエンの声に私は動きを止める。

「あなたのあの足の速さはなんなんだ？　最早犬がどうこうというより、あなたの速さこそが異常だと思えたんだが」

ははあ、そういう目で見る者もいるか。

私としては、楽しんで観てもらえるだけでいいのだが。違う見方をする者も当然いる。

……まあ、アルトワール王国は王族含めた支配者階級が優秀である弊害からか、国全体がちょっと平和ボケしているみたいだから。そういう目で見る者は少ないのだ。

だが、他国の者の目は、真っ先に「敵に回したらどうなるか」を想定する者も多い、と。

それも皇族の女性が。気が抜けていなくて結構なことだ。

「鍛えた結果としか言いようがありません。もう病気に負けたくないので、結構鍛えていますよ」

本音を言えば、まだまだ鍛錬不足だ。時間さえあればもっと鍛えたいのだが。

かつての私の武は、この身体ではまったく再現できていないから。もっと鍛えたいし、もっと強くなりたい。そして病気も勘弁だ。

「勝負してもらったらどうだ、クロウ？　おまえもかなり足速いよな？」

クリストが笑いながら、実に面倒なことを言い出した。

学院でもたまにあった。

挑戦者がやってきて、駆けっこで勝負しろと挑んでくるのだ。

最初の内は適当に相手していたが、数が多くなってきたのでもう断るようにした。

その際、断ってもしつこい相手を「とりあえず中学部のサノウィル・バドルより速ければやってもいいよ」と、面倒をよそに押し付けてみた。かなり苦肉の策だったが、それ以降挑戦者は来なくて平和である。サノウィルには感謝している。彼がどう対処しているかは知らないが。文句も苦情も来ないし。

経験上、勝っても負けても面倒なんだよな。人相手だと。

犬の方は、私が犬に嫌われるだけでだいたい終わるが、人が相手だと遺恨だの因縁だのといったものが高確率で残ってしまうから。まあ飼い主にも嫌われているかもしれないが。

「やめておこう」

どう断ろうか考え始めた瞬間、ヒエロが動いてくれた。よかった、この流れは止めてくれるらしい。

そうだろうとも。

勝負事は自国でも面倒なのに、他国籍同士でやると、どんな因縁が生まれるかわかったものではない。穏便に済ませたいならやるべきではない。

「こんな子供に見えても、ニアはアルトワールでは負けなしの俊足だ。もう走ることを仕事にしているようなプロしか敵わないだろう。勝負にならない」

……撤回だな。

どうやらヒエロは「やれ」と言いたいらしい。露骨に挑発して煽り立てて。完全に火に油を注いでいる。

「そんなにか？　私は速いぞ？　その子が出ていた魔法映像で観た、どの犬よりも速い自信があるぞ？」

ほら見ろ。クロウエンがやる気になっちゃったじゃないか。

なまじ中途半端に強いだけに、こういうところで簡単にプライドが騒ぎ出すのが、武に入れ込んでいる負けず嫌いどもなのである。

同じ負けず嫌いなので気持ちはわかるが、今回は相手が悪いとしか言いようがない。だって相手が私だし。プライドが傷つくだけだぞ。

「残念ながら、ニアはものすごく速いよ。やめておいた方がいい。相手が悪い。もう人間じゃないのではないかと思えるほどに速いから」

そうそう、王子の言う通り……あれ？　あまり褒められてる気がしないな？　でもまあ、悪い気もしないが。

「面白そうじゃない。クロウ、相手してもらえば？」

「いや、本当にやめておいた方がいいんじゃないか？」

フィレディアが野次馬根性でそんな口を挟み、見た目によらず温厚なザックファードがそれを止める。

「あらザック。クロウが負けると思っているの？」

「そこじゃない。どっちが勝ってもすっきりしない結果になる、としか思えないのだ」

それ正解。本当にそうだから。

こういう挑発に乗るタイプって本当に面倒臭いのだ。負ければ再戦を望むし、手を抜いて花を持たせてやっても真面目にやれと怒（おこ）るし。

……面倒臭いけど、ヒエロがやれって言うなら、やるしかないんだろうな。

彼がこの方向に行くというなら、これが彼の考える普及（ふきゅう）活動の最善なのだろう。

私に対する多少の遺恨と因縁が生まれたところで、それでも魔法映像（マジックビジョン）の普及活動に役立つのであれば。

私だって勝負することを選ぶとも。天秤（てんびん）に掛（か）けるまでもなく選べるとも。

「よし、では勝負しようか」

「まあ待てよ」

私は応じるとも断るとも言っていないが、クロウエンはすでにやる気になっている。

だが、そんな妹を、元凶（げんきょう）たる兄クリストが止める。

「なんのリスクもないただの競争じゃ子供の遊びだ。せっかくだし賭（か）けようぜ」

おい。賭けとかおい。確実に因縁が生まれるやつじゃないか。

「いいだろう。兄上、何か決めろ」

おい。兄より私の意思を聞けよ。

「ニア・リストンは魔法映像（マジックビジョン）絡（がら）みで有名な子だからな。そこを考慮（こうりょ）するなら、魔法映像（マジックビジョン）導入に口添（くちぞ）えするのが道理だろ」

どんな道理だ。まあ否はないが。いいぞ口添えするのだ。

「それでいい。ニア、あなたが勝ったら魔法映像（マジックビジョン）に関して、私の口から皇王陛下（ちち）に話そうではないか。どの程度の力になれるかはわからないが、マイナスには働くまい」

ふむ。あれよあれよと話が進んだな。私の意思に関係なく。……クリストも狙（ねら）った流れだったようだな。王子同士で仲の良いことだ。

チラリとヒエロを見れば、小さく頷く。いいのか？　この条件でやればいいんだな？

――よし、では、応じようではないか。

「それでは一回だけ。勝っても負けても一回だけにしましょう」

「ああ、それでいい。この体格差だ、なんならハンデを与（あた）えてもいい」

「そうですか？　じゃあせっかくだし貰（もら）っておきますね」

ハンデなんてあってもなくても結果は同じだが、クロウエンが負けた時の言い訳の材料にはなるだろう。

誰かに聞かれた時は、堂々と「ハンデを与えたから負けた」と言えばいいのだ。

私はいつでも勝てる相手との勝負には固執（こしつ）しない。

「では外に行きましょうか」

――そして、大番狂（おおばんくる）わせが起こることもなく、私は普通に勝利するのだった。

　クロウエンとの勝負をさっさと片付け、やはり当然のように因縁が生まれてしまったものの、その後は特に目立ったこともなく穏やかに過ごすことができた。

あるとすれば、時々クロウエンが、再戦したいのであろう熱い視線を向けてくるだけである。また私のファンが増えてしまったかな。

それからはこの飛行皇国ヴァンドルージュの話を聞いたり、魔法映像の話をしたり、この国で生まれたというボードゲームというものを楽しんだりした。うーん……事業に失敗して一億クラムを失う、か……ゲームでも現実でも金銭問題に追われるものだ。

「可愛い。こんな子が欲しい」

なんだかよくわからないが、私はフィレディアに気に入られたようで、今思いっきり膝の上に乗せられて頭を撫でられている状態である。こんなのリノキスが見たらただでは済まないだろう。いなくてよかった。別室待機でよかった。

「でもザックの子供となると、きっとゴツゴツした全身甲冑のような子になるわよね」

「何を言う。私ではなくフィルに似る可能性も大いにあるではないか」

「そう？　私はザック似の子でもいいけれど？」

「では答えは一つだな。――両方できるまで子を作ればよい」

うん。

なんか今、後ろというか真上というか、とにかくすごい至近距離で許嫁同士のイチャイチャが遠慮なく行われている気がする。顔面の一部接触とかしている気がする。そういうのは私をよそに置いてからやってほしい。それとクリストとクロウエンとヒエロの見ていないふりが華麗である。さすが王族と皇族、スルー能力は高めだ。

しかしまあ、アレだな。

どっち似であろうと、我が兄の可愛さに勝てるとは思えんがな。大人げないから言わないけど。

まあ、せいぜい仲睦まじい新婚生活が送れることでも祈っておこう。

雪が止まない静寂の空は、夕陽を見せることなく帳を下ろした。

時間的にはまだ夕方のはずだが、外は真っ暗だ。

夕食前のこの時間に、ようやく「随分長居してしまった」と席を立つヒエロに合わせて、私もここで引き揚げることにする。

「夕食を食べて行けばいいのに。刀刺鹿の肉を仕入れたんだ。あれはうまいぞ」

「気遣いありがとう。魅力的なお誘いだが、ニアを早めに帰したいのでね。今日のところはこれで失礼するよ」

ザックファードの提案を、ヒエロはやんわり断る。

「え？　この子も連れて行くの？」

当たり前だろう。抱き締めないでほしいんだが。

「その子も忙しい身でね。明日にはアルトワールに帰らねばならないんだ。その準備もあるから」

うむ。特に準備などはないが帰るのは確定している。あとこの姿をリノキスに見られる前にどうにかしたい。あいつにバレたらまた駄々をこねるぞ。私もしたいーって。

「残念だわ。今夜は一緒に寝ようと思っていたのに」

そんな話は聞いていないが。フィレディアは大人しそうな姫君って見た目なのに、意外とガツガツ行く性格をしている。ボードゲームでも順位度外視でこれと決めた一人を集中攻撃していたしな。

「また機会があれば。ごきげんよう、ザックファード様。フィレディア様」

私はようやく彼女の膝から、そして至近距離のイチャイチャカップルから解放された。

名残惜しそうな顔を隠さない彼女と、穏やかな顔の彼に別れの挨拶をする。

――またの機会などきっともうないが、と思いながら。

いや、そうとも言えないか。ヴァンドルージュが魔法映像(マジックビジョン)を導入することがあれば、また接点があるかもしれない。

「今度会ったら再戦を申(もう)し込む。それまでに鍛えておくからな」

因縁を感じるクロウエンの言葉にも、今度はないだろうと思いながら頷く。魔法映像(マジックビジョン)関係で進展がなければこれっきりだ。

「じゃあ俺(おれ)は送って行こうかな。そのまま寮(りょう)に帰る」

どうやらクリストは一緒に来るようだ。

――こうして、思いがけないハスキタン家での一日が終わるのだった。


待たせていたリノキスと合流し、ザックファードらに見送られ、私たちは来た時に乗った単船に四人で乗り込む。

進行方向側に王子と皇子が並んで座り、その向かいに私が座る。リノキスは操縦席だ。

向かいにいるだけに、二人の姿が、表情が、とてもよく見える。

「細工は済んだな、ヒエロ」

ん？

「ああ、楔(くさび)はしっかり打ち込めただろう。まったくニアの来訪は都合がよかった」

んん？

「これ以上ないってくらい見事なタイミングで来たもんな。おまけに好き嫌いがはっきりしているフィルに気に入られたのも大きいぜ。ザックの受けもよかったしな」

「それも想定外だった。喜ばしい方の誤算だな」

……ふむ。

「二人して悪い顔をして、何のお話ですか？」

何か企(たくら)んでいるのはわかる、というより隠す気もないようだ。どちらも狡猾(こうかつ)そうに笑っているしな。

これでなんの疑問も湧(わ)かない者なんて、たとえ子供だっていないだろう。

しかし悪だくみの内容まではわからないので、知りたいなら聞くしかない。

特に、なんだか私の存在が利用されたっぽいしな。

「まだ話せる段階じゃない。だが、近く君に仕事を頼むことになるかもしれない」

仕事？

「本当に仕掛(しか)けるのはこれからってことさ。あの感じだとうまく行きそうだぜ」

…………。

うん。わからん。そして二人とも話す気はないようなので、もう気にしないことにする。

この様子だといずれ私が関わる何かがあるみたいだし、知るのはその時でいい。

また機会があれば。

今度会ったら。

軽い気持ちで交わした、約束とも言えないような約束と。

近く君に仕事を。

仕掛けるのはこれから。

王子と皇子が悪い顔でこぼした、先を予感させる言葉と。

果たされないと思っていた約束が果たされ、王子たちの悪だくみの真意がわかったのは、割とすぐのことである。

――そう、今日知らずに私が打ち込んでいた出会いという名の楔は、アルトワールとヴァンドルージュの間にある巨大な壁に、しっかりと、これ以上ないほどに深く打ち込まれていた。

魔法映像を広めるためには邪魔でしかなかった国境という壁の一部が、ここから破壊されることになる。

私がやったのは、小さな一歩を踏んだことである。

だがそれは最初の足掛かりとなり、王子や皇子、そのほかの協力者が続き、後に大きなひび割れと、壁の崩壊に繋がる一歩になるのである。

大きな偉業とは、小さな一歩から始まるのだ。

――時には、本人はまったく自覚のないままに。

だがそんな未来のことなどまだ知らない私は、翌日の悪天候もあり狩りはできず、早々にアルトワール王国へ向かう飛行船に乗るのだった。

こうして、私の飛行皇国ヴァンドルージュへの出稼ぎは終了した。

……と、思っていたのだが。

この日の夜、ちょっとした出来事があった。

第六章　襲撃

「――だろうな」

路地裏で部下からの伝言を受け取り、オルター・イグサスは呟いた。

激しく雪の降る、朝である。

空は明るいが見通しはひどく悪い。

まあ、視界が悪いのは忌避することではない。隠密行動の多い遊撃隊には、悪天候はむしろ幸運でもあるが。

今、現陸軍を取り仕切っている男から連絡が入った。

――かの冒険家は軍の呼び出しに応じなかった、と。

これで正式に裏案件……オルターが対応する案件になった。

当然だな、とオルターは思った。

壁により掛かり、葉巻を咥えて火を点け……紫煙をくゆらせながら考える。

ヴァンドルージュ全軍をあげても、あの十文字鮮血蟹を討伐することはできなかった。

なのに、それを達成した者が現れた。

しかも個人で。

これは由々しき事態である。不自然極まりない。しかも他国の者というのも実に臭い。

百歩譲ってそれが許されるとしても、疑問は尽きない。

最も疑問なのは――どうやって狩ったか、だ。

数百の砲弾を打ち込んでも、致命的外傷を与えることができなかった十文字鮮血蟹の硬く分厚い甲殻。用意できる毒物では効果なし。火を使えば海に逃げる。あそこまで巨体となると罠を仕掛けるのも一苦労だ。

討伐作戦は何度か行われたが、甚大なる被害が出たのが「包囲炎上網作戦」である。

数多のワイヤーで海に逃がさぬよう蟹を固定し、火を点けてじっくりローストしてやる、というものだ。

最悪だった。

少し考えればわかるだろう、とオルターも思ったくらいだ。

ワイヤーを放った飛行船数百隻ごと、蟹は海へ逃げたのだ。飛行船を引きずって。これは本当にひどい失敗だった。

いや――あれだけの重量に力負けしない十文字鮮血蟹の方を称賛するべきなのかもしれ

ない。一応はこれで固定できる、という計算の上に立てられた作戦だから。

結局討伐する策が尽き、蟹には手を出さないという方針を打ち立てるしかなかった。

あのでかいのがいなくなれば、島の探索(たんさく)ができる。あの島周辺にある飛行船の残骸(ざんがい)や荷から、必要なものを回収することもできる。もちろん未開拓地(みかいたくち)なのだから資源もあるかもしれない。あんな巨大生物が成長するほどの糧(かて)がある、という可能性もあるわけだ。

それに、よく知られる十文字鮮血蟹(ブラッドクロスクラブ)は、そんなに大きくない。そして食える。普通の蟹ならなかなか美味(うま)いのだ。

あの島にはきっと、大量の十文字鮮血蟹(ブラッドクロスクラブ)が生息しているはずだ。あいつさえいなければ蟹漁もできるだろう。

つまり、あの島は資源の宝庫。何度も討伐作戦が立てられるくらいには国も欲しかったのだ。

だが、全て失敗し、今に至る。

そんな因縁ある十文字鮮血蟹(ブラッドクロスクラブ)を、名前も聞いたことがない隣国(りんごく)の冒険家が狩った。

——どうやって？

当然湧く疑問だろう。

蟹の亡骸(なきがら)を、そしてかの冒険家が狩ったという獲物(えもの)をじっくり観察した結果、オルターは予測を付けた。

恐らく兵器だ。個人で扱える大砲のような物を持っているに違いない。

かの冒険家が仕留めた獲物は、全て打撃によるものだった。

毛皮を傷つけない撲殺だ。血抜きなどの処理はあとで他の者が行ったらしいから、切り傷もなかった。

切り傷なら、利き手から得物までわかる。知っている武術であれば剣術の流派まで辿れる。だが撲殺はどうもわからない。

というより、獣を狩るのに撲殺が向いていないのだ。柔軟性のある厚い皮は衝撃に強く、毛皮ともなれば更にやりづらい。当然皮の下にある骨も硬い。

わかるのは、急所のみを正確に打ち、骨や内臓を砕いていること。まさに一撃必殺を行っていることだ。まあさすがに蟹はできなかったようだが。

だが、打撃の痕はしっかり残っていた。

飛行船の砲撃よりも強力であろう打撃の痕が。

――個人が所有できて、これほど威力のある武器。しかも情報からしてそれらしい物を持っていなかったという事実。

つまり、砲撃より強力な個人所持・使用できる暗器を持っている可能性がある、ということだ。

これほどの脅威(きょうい)はないだろう。壁(かべ)や建物が意味をなさぬ、城さえ崩(くず)すであろう暗器の存在など、看過できるわけがない。

調べねばならない。

かの冒険家が、どうやってあの蟹を仕留めたのか。

どんな兵器を持っているのか。

そして――この国にやってきた本当の理由を、聞き出す必要がある。

本当にアルトワール国民なのか。機兵王国のスパイではないか。その兵器の試用に他国を選んだのではないか。その場合はなぜヴァンドルージュを選んだのか。そして試用は成功したのか。知るべきことは山ほどある。

軍の接触に応じないなら、裏案件として、オルターが調べるしかないのだ。

この国を守る者として。

◆

「お嬢様(じょうさま)、ちょっと困ったことになりました」

「今まさに私の方が困ってるけど？」

「あと二問じゃないですか。頑張(がんば)って！」

ああ、うん、頑張るよ。

……無責任な応援って腹が立つな。

ヒエロとクリストに送ってもらいホテルに戻ってきた。まさかの王族と皇族による送迎である。恐縮である。

今日は天候不良だし、もう時間も遅いし、ヴァンドルージュを出歩くことはなかった。一応お忍びでもあるしな。

明日にはアルトワール行きの船に乗るので、もうできることはない状態だ。

強いて言えば私の冬休みの宿題くらいのものである。そしてそれももうすぐ、あと二問ほどで終わりである。忌々しい宿題めが。

――と、夕食を済ませてホテルにこもっていた時だった。

部屋までやってきたホテルマンに呼ばれて行ったリノキスが、戻るなり「困ったことになった」と言い出した。

ちなみにドア越しに対応したようだ。今は侍女服姿だからな。

「それで？　どうしたの？」

残り二問だが、それよりリノキスが持ってきた話が気になるので先に聞くことにする。

厄介事か？　それとも揉め事か？　まさかヒエロ関係じゃないだろうな？

「冒険家ギルドより伝言です。要は冒険家リーノへ対する呼び出しですね。表向きの理由は、あの蟹の懸賞金の引き渡しだそうですが」

なるほど。確かに表向きの理由だな。

「全面的にセドーニ商会を代行に立てているものね。当然懸賞金の受け取りも商会がやるはず」

「ええ。緊急の用事として、ギルドからホテルに直接届いた伝言ですからね。商会を通していない辺りが怪しさに満ちていますね」

うん。

この出稼ぎの旅は、全てのサポートを商会に任せている。だから引っかかるのだ。商会から話が来るならわかるのだが。

それも、ただの伝言というわけではなく、緊急の用事としてわざわざホテルマンが持ってきたのだ。

単純に考えて、商会を通さずリーノと接触したい理由があるのだろう、と。

そういうことだ。

「無視していいんじゃない?」

「そうすると懸賞金二千万の行方がどうなるか、ちょっとわからないんですよね」

呼び出しの理由が「懸賞金の引き渡し」だから、確かにそうか。

「冒険家ギルドって、そういうところ曖昧になることが多いの？」

難癖をつけられて懸賞金を取り上げられることがあるのだろうか。組合というくらいだから結構しっかり管理されていそうなものだが。

「規則にはないけど暗黙のルールがある、というパターンが多いです。たとえば獲物を横取りした場合、とか。手負いの魔獣を倒したら他の冒険家が追い掛けていた魔獣だった、とか。

そういう規則で決められない部分を、冒険家の間だけで決めていることがあります。揉めないようにするための決め事ですね」

ああ、わかる。

規則では一概に決められないケースも多そうだからな。冒険家同士で揉めないようにする約束事が自然とできたわけだ。

「一番の問題は、冒険家リーノがヴァンドルージュ国籍じゃないってことですね。よその国の冒険家だからどうとでもなる部分は大きいと思います。懸賞金の横取りも……滅多にないと思いますが、絶対にないとは言えません」

ふむ。

「呼び出しの目的を知りたいわね。思い当たるのは……やはり懸賞金を巻き上げたい、かしら」

二千万は大金らしいからな。誰が狙ってもおかしくないのではなかろうか。

「それもありそうですが、リーノを取り込みたい、という意向の方がありそうですね。この数日で一億以上稼ぎましたからね。二千万なんてはした金、と言えるくらいには」

……なるほど。そうだな、そっちの方がありそうだ。

「じゃあ無視する？　二千万くらい上げてもいいんじゃない？」

それくらいならすぐ稼げることはわかったしな。二千万で揉め事を回避できるなら安いもの……安くはないが、納得はできる。

一応お忍びで来ているんだ。不要な揉め事は避けたい。

「お金を稼ぐ目的で来ましたが、冒険家リーノの名前を売るのも目的でしたよね？　これを無視するとリーノが逃げた、みたいな悪評が広まりそうです。

まあ私はそれでもいいですけどね。私にとって冒険家は副業以上のものではないですし、いつでも辞められますから」

いや、それは困る。

「リーノの名声は、来る大規模武闘大会の客寄せになる。正直二千万よりこっちの方が価値があると思うわ。

特に今この状況は、逃げた場合の負債はきっと大きい」

ここがアルトワールならいいのだ。

一度や二度の失敗なら、いくらでも取り返せる。

だが、ここはヴァンドルージュ。ここでの失点を取り返すのは至難の業だ。何せ今後この国で活動する予定がないからな。汚点は払拭できず、そのまま残り続けるのである。

「じゃあ行くしかないってことですか？　厄介事の気配しかしないのに」

「リノキスが嫌なら代わりに私が行くけど？　楽しそうだし」

出稼ぎ最終日が潰れたので、不完全燃焼気味なのだ。心残りがあるというか。暴れられる機会があるなら飛び込みたいところだ。思わぬ強敵もいるかもしれないし。

などと考えている私をじっと見ていたリノキスは、思考を読んだかのように言った。

「私が行ってきます。新たな厄介事なんていりませんから」

だそうだ。

まあ、今回ばかりは私の出番はないかな。

万が一にもアルトワールの貴人の娘だとバレるわけにはいかないし、髪を染め直すのも明日の朝でいいだろう。

今回の出稼ぎは、あくまでもお忍びなんだ。できるだけ表に出るのは避けた方がいいだろう。もう付き人リリーの出番はなしだ。

「――それでは行ってきます。すぐ戻りますので」

冒険家リーノの格好に着替え、リノキスは部屋を出て行った。

さて。

今のリノキスなら、大抵の者には勝てるだろう。大事になりそうだったらとっとと逃げるだろうしな。心配する理由はないと思う。

土産話を待ちながら、私は宿題を片づけるとするかな。

◆

「冒険家ギルドの場所ですか？」

「ええ、ちょっと顔を出さないといけなくて」

リノキスこと冒険家リーノが呼び出された場所は、ここヴァンドルージュ首都ユーネスゴにある、冒険家ギルド中央支部だ。

カウンターにいたホテルマンに場所を確認し、リノキスはホテルを出た。

朝から続いていた風は弱まり、舞っていた雪も少なくなってきた。今夜は穏やかな空模様になりそうだ。

ざくざくと積もった雪を踏み潰しながら、人気の少ないメインストリートを行く。日中の悪天候のせいもあるのか、この時間に開いている店は少ない。まだ寝るには早いのだが。

程なく、灯りの点いたそれらしい建物が目に入る。

この悪天候でも開けている辺り、実に冒険家のたまり場っぽい。冒険家なんて日雇い労働者みたいなものだから、日時も天候も関係ないのだ。

看板を確認して、外気とともに足を踏み入れる。

「……」

中には二十人以上の客——いかにも荒事に慣れているという風体の冒険家たちが、各々テーブルを囲んでいた。

アルトワール王都のギルドにもテーブルはあるが、向こうは事務所感が強い。だがこちらは酒場兼用という感じである。

暖かい空気と、飲み物や食べ物の匂い。非常に生活感のあるギルドである。

それなりに賑わっていたようだ。

リノキスが来るまでは。

——ドアを開けるまでは続いていた喧騒が止み、不躾に値踏みする視線が集まる。

まあ、どうでもいいことだ。

見たところ、相手になりそうな者はいない。アンゼルやフレッサ、ガンドルフくらい強い者がいたら話は別だが。

これならいくら絡まれても――

「姉ちゃん、新人か？　色々教えてやるから座れよ」

テーブルを縫ってカウンターへ向かうリノキスの腕を、へらへら笑う中年の男が掴む。

その男を見て――リノキスは眉を寄せた。

「あのさ、これって自分の格を落としてまですること？　つまんないわよ？」

リノキスは暗に言ってやった。

そこらの三流の冒険家崩れがやるようなことをするな、と。

この男はかなりのベテランだ。この年齢でこれなら、かなり腕のいい方だと思う。相手もわからないまま迂闊に手を伸ばすような素人ではない。

だから尚更だ。

腕の良い冒険家は、周囲ともうまくやっているものだ。そうじゃないと長生きできない。冒険家としても、単純な生死の問題でも。

腕が良い冒険家であればあるほど、こんな迂闊なことをする者はいないのだ。知らずにちょっかいを出すことの危険が身に染みているはずだから。

リノキスの言葉に、男は違う意味で笑った。

「……こりゃ確かに普通じゃねえな。いや悪かった。一杯おごらせてくれ」

「用事が済んだら一杯だけ」

そう返し、リノキスはカウンターへ向かう。

冒険家たちの視線は、ずっと、リノキスに注がれている。

きっと――

「リーノさんですか？」

カウンターの前に立つと、受付嬢は言った。

そう、きっと、今ここにいる皆、誰が来るのか知っていたのだろう。

たった数日で一億以上の稼ぎを叩き出して名を上げた、隣国からやってきた冒険家。

リーノが来ることを知っていたのだ。

さっきの男の行動は、皆を代表して、試したわけだ。

果たして本人か、本人ならどの程度の者か、と。

――駆け出しじゃあるまいし、あんなので取り乱して動揺するようなら、確実に舐められていただろう。……冒険家歴で見れば駆け出し同然なのだが。

まあ、どうでもいい。

試しのやり方次第では全員殴り倒していたし。どうせこの国をメインに活動することはないのだから後腐れもない。腰抜け腑抜けみたいな汚点を残されなければそれでいい。

「こちらへどうぞ」

受付嬢の後に続き、リノキスは奥へ向かう。

簡素な応接室へ通されると、色々と合点がいった。

「よく来てくれた。座ってくれ」

待っていたのは、いかにも冒険家、みたいなガタイのいい大男。

アバランと名乗った彼こそが、ヴァンドルージュ首都ユーネスゴの冒険家ギルドを代表するギルド長である。

暗い茶色の髪に白髪が交じり出した初老で、引退してまだ日は浅いのだろう。今でも充分強そうだ。

だが、彼のことはいい。

問題はアバランの隣にいる貴族然とした男だ。

「君がリーノか？　あの蟹をどうやって仕留めた？」

非常に身形のいい、どう見ても貴族階級の中年男。それだけではなく、どこか危険な雰囲気を帯びている。荒くれ冒険家とは違う類の危険さだ。

アルトワールには滅多に見ない、権力の使い方を知っている悪党……裏社会を支配して生きている者の危うさ、とでも言えばいいのか。

リノキスが闇闘技場へ潜り込む際、面談と称して会ったアルトワールの貴人と、雰囲気がよく似ている。あれも関わると危険だと本能が訴えていた。

この呼び出しは、きっとこの貴族らしき男が仕組んだことだろう。冒険家ギルドに圧力を掛けられる人物、もっと言うとギルド長と手を組んでいるか。

「失礼ですが、あなたは？」

アバランは名乗ったが、隣の貴族は名乗っていない。

「知る必要はない」

高圧的な返答があった。

「それとも知りたいのか？」

迷うところだ。

知れば関わることになるぞ、という意味だろう。知らなければなかったことにもできる、かもしれないから。

リノキスはアルトワール国民だ、この国の貴族に睨まれてもあまり怖くない。

いざという時は第四階級リストン家、ヒルデトーラという正真正銘の王族、ついでに裏社会に詳しいアンゼルといったコネもある。

そしてニアという最強の後ろ盾も……いや、できれば彼女には頼りたくない。最愛の弟子として、最愛の師に迷惑は掛けたくない。

「冒険家にとっての武器や戦法は、商売の種ですから。誰とも知れない人に聞かれても答えかねます」

「ほう。私が誰かはともかく、身分くらいはわかるよな？」

貴族の質問に答えないのか、と言われている。

「生憎私はアルトワール国民ですので。この国の上下関係に従う理由はありません」

揉めるつもりはないが、従うつもりもない。

この男は間違いなく、リノキスを取り込もうと考えている。そうじゃなければここにいない。

「それに、今の時代に貴族も平民もないでしょう？」

だからこそ牽制はしておく。

いざとなったら今すぐにでもこの部屋を出て、ヴァンドルージュを脱出する。本格的に揉める前に。アルトワールに帰ればどうとでもなる。

「確かにこの時代、いくら貴族でも他国籍の者を直接どうこうするほどの力はない。あったとて必ず後から問題になる。最悪国際問題になるだろうな。

だが、直接ではない方法なら、いくらでもある」

誰かを使う、法を使う、といったところか。

彼が罪を一つでっち上げるだけでいい。国は他国の者より自国の者を信じる。それが貴族の訴えなら動かないわけにはいかない。

「そもそもだ――」

男は余裕を見せつけるように足を組む。

「君には明確な弱点があるだろう。交渉だけで済ませた方が利口だと思うが？」

明確な弱点。

すぐに思い至ったリノキスは、椅子から立ち上がる。

「あの子に手を出したの!?」

男に変化はない。

つまり――そういうことだ。

「まずい……！」

リノキスは正しい心配をした。

「座れ。さもなくばどうなっても知らんぞ」

明らかに動揺しているリノキスの反応に、男は違う解釈をした。

——子連れの冒険家の弱点など、子供に決まっている。

この男は、リノキスが不在となったホテルに、刺客を放ったのだろう。

子連れの冒険家の弱点である、子供を確保するために。

違う。

リノキスの心配は、ニアが誘拐されることではなく。

ニアが騒ぎを起こしていないか、だ。

「……ふう」

息を吐き、リノキスは椅子に座り直した。

状況がわからない。

ニアの動向がわからない以上、動くべきではない。

今ここでこの男を血祭りに上げてホテルに帰るのは簡単だ。ああ簡単だ。隣に冒険家ギルドの長にまで登りつめた屈強な男がいるが関係ない。なんなら一緒にぼっこぼこにしてもいい。それくらい簡単なことだ。

だが、帰ったところでどうなるのか。

もしニアがすでに揉め事を起こしていたら？

不用意に帰ったリノキスが、その状況を更に焚きつけてしまうかもしれない。火に油を注いでしまうかもしれない。

きっと本当に刺客は送られたのだと思う。伊達や酔狂、あるいはただの顔見せのつもりで、わざわざこの席が用意されたとは思えないから。

ニアはどう対処しただろうか。

そこがわからないから、動けない。

当然のように返り討ちにしている気もするし、襲撃の理由を知るため「面白そうだから」とあえて誘拐されることも考えられる。

この二つのどちらかなら、本人も穏便に済ませる方向で動いているだろう。彼女だって率先して揉め事を起こしたいわけではないと思うから。

問題は、それ以外の対処を選んでいた場合だ。

たとえば――刺客がどう仕掛けるかで、ニアの対応はきっと変わる。

ひっそり仕掛けたならひっそり終わるし、そうじゃないなら……という話である。

「状況を理解したか？　君は私の言うことを聞くしかないんだ。何、大人しく従えば子供は無事帰してやる」

その心配はしていない。

ニアをどうにかできる人間なんていないだろうから。

心配しているのは国際問題にならないか、だ。

何をおいても駆け出したいリノキスが我慢するくらい、それは避けたいことだった。万が一にもあってはならない事態だ。

下手をすればヴァンドルージュに呼んだ形になっているヒエロ王子に迷惑を掛け、魔法映像普及活動の邪魔になる。それはリストン家にとっても大きな瑕疵になる。

そして変にリノキスが動けば、更に騒ぎが大きくなるかもしれない。

――どうか問題を起こしていませんように。

今リノキスができることは、そう祈ることだけだった。


「――ん？」

リノキスが楽しそうな呼び出しを受けて出て行って、なんとか宿題を終えてすぐのことだった。

紅茶でも淹れようかと考えていたら、気配を感じた。

「……未熟だな」

この部屋に近づいてくる気配が三つ。小走りで足音は殺している。

三流の暗殺者といった感じか。へたくそな気配断ちだな。

狙いは誰だ？

この部屋を通り過ぎるようなら……あ、そういえば、今この階には私たちしか泊まっていないって話だったな。

何せアルトワール王国第二王子が手配した高級ホテルである。かなり高額ゆえに利用者も多くないようで、この階で埋まっている部屋はここだけだったはず。

ということは……これはまずい。

この後の展開を予想し、私は慌てて変装道具を詰めたバッグを漁る。

手早く稽古着に着替え、簡単に髪を結いまとめて、黒髪のカツラを装着する。

念のために用意しておいてよかった。格好はまだごまかせるが、白髪だけはどうしても目立ってしまうからな。

稽古着の代わりに脱いだワンピースをバッグに突っ込んだところで、ノックの音がした。

この部屋のドアが叩かれたのだ。

「はい」

なんとか間に合った。

最後に鏡で恰好をチェックしてカツラのズレを直し、ドアの前に立つ。

「どち様ですか？　リーノは今外出しておりますが」

ドアを開けずにそう伝えると、男の声で「リーノ様に頼まれたルームサービスです」と返答があった。

二人はドアの正面に立ち、二人はドアの脇を固めている。

……ふむ。おぼろげながら状況が見えてきたな。

彼らはリノキスが不在であることを知った上で来たのだろう。目的は荷物……もっと言うと所持品から弱味を探るため。まあ本命は私の身柄の確保かな。

数日で億稼げる冒険家なんて、この時代にはそういないみたいだしな。金の生る木を欲しがる者が出てきてもおかしくない。

リノキスはそう考えていたし、私も同じ意見だ。

さてどうするか。

招き入れて潰してもいいし、あえて誘拐されるのも楽しそうだ。黒幕と話をつけるのも悪くないな。せいぜい迷惑料をふんだくってやろう。

……と言いたいところだが、今はまずいな。

お忍びだし、その上ヒエロの呼び出しで来ている以上、揉めるのはよくない。

揉め事と関連付けて、王子にまで問題が及びかねない。

リノキスのような庶民ならどうとでもなるが、私はリストン家の娘だからな。お偉いさん方は意外な形で繋がることが多い。否、無理やりにでも繋げられるのだ。いわゆる政治的な動きというやつだな。小さな傷を見付けては大きく騒ぐものだから。

他国で揉めるとはそういうことなのだ。

ここで問題を起こしたら、国際問題になりかねない。

ヴァンドルージュ上層部には「ニア・リストンが来ている」という話は通っているからな。多くの者には「リリー」だが、ちゃんと調べられたらニア・リストンだとすぐバレてしまう。

つまり、なんだ。

要するに、私が動いた形跡など一つも残さずに処理してしまえばいいわけだ。

闇から闇へ、誰の目にも触れずに片づけてしまえばいいわけだ。

無視してやり過ごしてもいいが、せっかく来てくれたんだ。それなりのもてなしはしてやりたいしな。

となると……よし。

私が方針を決めると同時に、ドアの向こうからの密談の声が耳朶を打つ。

「――開かないな」

「――勘づかれたか？」

「――もういい、鍵を開けろ」

おいおい気が早いな。

私は大急ぎで室内のバッグや鞄といったものを回収する。

明日の朝発つ予定だっただけに、すでに荷物をまとめていたことは幸いだった。細々したものはともかく、なくしてはいけない物は全部しまってある。

それらを持って窓を開ける。

隙間から刺すように吹きつける寒風に目を細めつつ、窓枠に足を掛け――上に登る。

「よっ、と」

小さな窓枠を足掛かりに、上へと向かう。……屋根まではちょっと遠いので、このまま隠れていることにしよう。荷物が邪魔で動きづらいしな。

「……あっ」

まずい、カツラがずれた。どこかに引っかけたようだ。……仕方ない、下手に頭に乗せても不自然になりそうだから、もう懐にしまっておこう。

ちょっとしたトラブルがあったものの、窓枠の上で、壁に張り付いて待機する。

上を見られたらバレるが、見つかったら仕方ない。全員叩きのめす。

バレずにやり過ごせたら、連中の後をつけてみるか。正体も知りたいしな。

――程なく、部屋のドアが開けられた。

「ガキはどこだ⁉」

「いねえ！」

「窓が開いてるぞ！」

二人ほど、今私が出てきた窓から頭を出し、下を見る。

「この高さを飛んだか？」

「無理だろ。ここ七階だぜ」

「じゃあ……ガキは？」

「こういうこともあると予想して、下りる方法を用意してたんだろ」

「ああ、ありえるな。腕利き（うでき）の冒険家（ぼうけんか）なら万が一にも備えているもんだしな」

足の下で相談していた男たちは、窓を閉めて部屋に引っ込んだ。

運のいい連中である。

少しでも上を見る素振り（そぶ）りを見せたら、仕掛（しか）けていたんだが。

「――外を探すぞ！　急げ！」

男たちは軽く家探しして、部屋から出て行った。

ドアが閉まると同時に、窓を開けて荷物とカツラを放り込む。ドアは……閉まっているな？　鍵を壊してはいないな？

「よし、行くか」

リノキスは冒険家ギルドに呼び出された、と言っていた。

大方呼び出した誰かに「子供を誘拐した、言うことを聞け」とでも脅されているはず。あの男たちは私をさらいに来たのだ。きっと。

で、リノキスはそれが不可能なことを知っている。

だとすると――彼女は様子見を選ぶと思う。

自分の行動が、後々リストン家の責任問題になる可能性を危惧し、動かないだろう。私の安否の心配がないから待ちに徹することができる、はず。

完璧に読み切るなんて無理だが、一つだけわかっていることがある。

それは、リノキスはこの状況で私が動かないとは思わないだろう、ということだ。だから私に合わせて行動するはずだ。

つまり、私のアクション待ちを選ぶ、と思う。たぶんな。

お察しの通り、私は動くぞ。

「――最後の狩りは人か。たまにはこういうのも悪くない」

私は再び窓枠に足を掛ける。

そして、飛んだ。

部屋に押し込んで来た男たちは、しばらくホテル周辺を走り回っていたが、諦めたようでこの場を離れる。

その背中を、私は充分な距離を取って尾行する。

上から。

建物の上を飛び、渡り駆けて、時には壁を走り、足早に行く男たちについていく。

ん？　立ち止まったな。

何やら話を……どれ、少し近づいてみるか。

「――俺が行くのか？」

「――いいから行けよ。ちゃんとガキの捕獲に失敗したって伝えろよ」

「――チッ、わかったよ」

ああ、なるほど。指示した奴に報告に行くつもりか。大事だよな、報告。

狭い路地の真ん中で、一人と二人に別れた。

「がっ⁉」

互いが死角になる程度に離れたところで、上から襲撃して伝令を気絶させた。まあ焦るなよ、夜は長いんだから。ここで少し寝て待ってろ。

急いで壁を駆け上り、今度は二人の方を追う。すぐ追いついた。尾行されているとは予想もしていないようで、奴らの歩みは遅い。

さて、こちらはどこへ向かうかな？

「――ほう？」

彼らの目的地は、割と近かった。

メインストリートから少し入った中規模のビルディングだ。四階建てかな？　一階は高級そうなレストランがあり経営状態だ。

彼らは外階段を使って二階の部屋に入っていった。

一階は見ての通りだが、二階以上はなんだろう。住宅施設だろうか。それともレストランの事務所だろうか。

まあいい。

あの建物にいる連中は、全員やってしまおう。

ケンカを売ってきたのは向こうだからな。買った私が遠慮する理由はない。

もしかしたら無関係な者を巻き込むかもしれないが、それは無関係な者が出入りする場所を利用している連中が悪いから、気にしない。

世の中こういう理不尽なこともある、と諦めてもらおう。

…………。

さすがに一階のレストランだけは除くか。普通に客も入っているようだしな。無関係が過ぎる。

音もなく地面に降り立ち、普通に外階段を上ってドアの前に立つ。

無造作にノブを握る。

回そうとして、ガチ、とつっかえる。

鍵か。問題ない。

力ずくで回したら、バキンと音がして、ドアが開いた。

「何人いるかな」

多い方が楽しいが。

まあ、少なくても我慢してやるさ。

入った先は広間だった。

テーブルがあったり台所があったりソファーがあったりと、大勢が待機する詰め所のような部屋だ。

酒やタバコの臭いがする。雑多に物が溢れ、ニュースペーパーが束になってまとめられ、壁には剣などが掛けてある。飾りか？　いや、あの光沢は実際に使えるかもしれない。

ここは、きっと、この建物の入り口のような場所だろう。

さっきここに入った男たちはいないので、奥へ行ったのだと思う。上階もあるしな。

「――おい誰だよ。寒いから早く閉め」

まず一人。

ソファーでうたた寝していて、外気のせいで起きた男に拳を落として、再び眠らせた。

「……ふうん？」

寝かせた男を観察する。

どうも堅気には見えないな。ガタイもいいし。チンピラ……よりは、ちょっと上等かな。マフィアっぽいな。いや、マフィアにしては鍛えすぎかな。明らかに武闘派って感じだ。

正確にはわからないが、真っ当には見えない。裏社会の連中であることは間違いないと思うが。

なら遠慮はいらないな。

この階には六人、上階に……八人くらいか。

見つからないように注意しないといけないが、大した手間でもない。

さっさと全員仕留めて、リノキスを安心させてやろう。

◆

「――ん？」

オルターは違和感を感じた。

今は堅気である元軍人は、このビルディング一階にあるレストランの雇われ店長の顔を持っている。大柄で強面なので店には出ないが、裏では様々な雑務をこなしている。

昔からの知り合いである貴族のオーナーに雇われているのだ。

専用の執務室でちょうどその辺の書類を片づけている時、ふと顔を上げる。

――今頃は、雇い主であるグリーグ・クレットが、リーノと会っている頃か。

――そしてリーノの連れている子供を確保した頃だろうか。

何かあった時のため、オルターもすぐ出られるよう準備だけはしている。見張りの部下が動いているので、何かあれば報告が届く手はずだ。

どちらかに付き添ってもよかったが、どちらにトラブルがあっても即対応できるよう、あえて両方につかなかった。

だからここで待機中だ。

そんな最中——違和感を感じた。

静かな夜である。別に物音がしたわけじゃないし、誰かが呼びに来たわけでもない。怪しげな気配を感じたわけでもない。

だが、なんだろう。

何かを感じた。

それはもしかしたら、軍人として培った経験から生じた勘だったのかもしれない。

そして、それは当たっていた。

静かな夜だった。

ドアを一つ隔てた先に、——夜の静寂をまとった侵入者がいた。

「……」

オルターは無意識に引き出しの中のナイフを取り、立ち上がる。人の気配など感じない。

ならば武器などいらないはずなのに。

しかし己の本能は、なぜだか警戒を訴えていた。

雪が降る音さえ聞こえそうなほど、静かな夜。

息を殺して、オルターはドアへ近づき——

「ぐあっ⁉」

強い衝撃を受け、吹き飛んだ。

「チィッ！」

壁に叩きつけられるほどの衝撃だったが、なんとか受け身を取ってやり過ごし――オルターは机に駆け寄り身を隠す。

何をされたかなんてわからない。

だが、明らかに、外敵からの攻撃を受けた。

今はそれだけわかればいい。

引き出しにあるメイン武器――投げナイフを仕込んだハーネスを素早く装着し、流れるように一本投げた。

狙い違わず天井から吊っている照明に当たり、部屋は闇に包まれた。闇夜は味方だ、夜目が利かない工作兵などいない。

静かな夜だった。

雪が降る音さえ聞こえそうなほどに。

机の陰に隠れ、オルターは息を殺して様子を窺う。

窓から差し込むささやかな明かりに、ようやく闇の中で目が慣れてきた。

と――ドアが開いた。
普通に。なんの躊躇もなく。
「フッ！」
ドアが開いた――そう認識した瞬間、オルターは机の陰に隠れたままナイフを飛ばす。
意識などしないし、狙うこともない。
長年付き合ってきた相棒だ、的を外すことはない。
机の陰に潜みながら、右横、机の上から、左横と。
素早く移動しながらナイフを投げる。
「――っ！」
オルターの動きが一瞬止まった。
今、己が投げたナイフが、眼前をかすめて行ったからだ。
とんでもない腕だ。不規則に動き回るオルターを、確実に狙って投げてきた。
当たらないように。
今のはわざと外したのだ。オルターにはわかる。
いつでも当てられるぞ、という警告だ。
オルターは敵を視認さえできていないのに。それを許さないほど余裕がないのに。

なのに相手はそうじゃない。

「な、何者――はっ⁉」

自然と震える声で誰何しようとしたが、言葉が止まる。

いる。

真後ろに。

投げ返したナイフはただの囮で、ただの牽制。

本命は――

オルターの意識があったのはそこまでだ。


「――結局何なんだろ」

少々の抵抗を見せたオルターを気絶させた侵入者は、首を傾げる。

チンピラにしては動きが良すぎる。

荒事専門のマフィアにしては殺気が綺麗すぎる。

暗殺者っぽいが、それにしては殺気の質が違う。そういうのを生業にしている者の殺気は、もう少し細く弱いが非常に尖っているものだ。

「まあいいか」

考えたってわからないし、何であろうと戦うまでもない相手だった。腕は悪くないが、常識の範囲内で強いだけだ。それだけわかれば充分である。

侵入者は部屋を出て行った。

そんな一幕があっても——静かな夜だった。

◆

「ここがゴールね」

四階の奥に、高級な調度品で揃えた執務室があった。

ここが終点だ。

この建物を根城にしている連中のトップの部屋が、ここだ。

マフィアたちは全員寝かせてきたので、今動いているのは私だけである。

要するに制圧完了である。

楽な仕事だった。誰にも見つからず仕留めて回ったが、歯ごたえがなさすぎてあまり楽しくなかった。想像ではもう少し危ういシーンもあるかと思ったのだが、何もなかった。淡々とこなしただけだった。まあ一人だけ私に気づいた奴がいたが……でも結局戦いにならなかったしな。

まあ、いいだろう。元々期待はしてなかったしな。

「グリーグ・クレット、か」

机を漁り、署名された書類を見る。よく見る名前はグリーグ・クレット。恐らくこいつがこの部屋の主だろう。

リノキスを呼び出したのも、私をさらおうとしたのも、きっとこいつだ。

クレット、か。

知らない名だ。この部屋の調度品を見るに、貴族か成金であることは間違いないとは思うのだが。

他に何かあるか……と、部屋内を見回す。

執務室らしく色々あるが、一番目を引くのは、高そうな棚に相応しい高そうな酒瓶たちである。高級酒だな。壮観である。呑みたい。一口なら許されるのではなかろうか。いやダメだ。一口呑んだらもう歯止めが利かなくなりそうだ。あの辺は極力見ないことにする。

他には……うん？

本棚が目に留まる。

高そうな背表紙の本がずらっと並んでいるが……一冊だけ、収まりが悪いようで少しばかりせり出している。

あるいは、取り出してからちゃんとしまわなかったか。

違和感がある、妙に目につく。

試しに引き抜いてみると……。

「当たりか」

本の奥、棚の向こうに何かあった。

周囲の本も引き出して見ると、壁に埋まった小さな隠し金庫を見付けた。なかなかベタな隠し場所じゃないか。

当然鍵はないので、バキッと力ずくで引き開けた。鉄や鋼では無理だぞ。私を止めたいなら神鉄製か魔鋼製の金庫を用意するがいい。それでも破壊してやるが。

「現金と宝石が少し。書類。証文か？　こっちは帳簿か」

小さな金庫だけに、必要最低限という感じだ。

ぱらっと帳簿をめくってみると、数字がびっしり並んでいた。金庫にあるくらいなので裏帳簿かもしれないが、精査する気はない。数字など見せるな。

書類は……レストランや土地の権利書？　ああ、レストランの経営者でもあるのかな。

まあとにかく、大事なもので間違いないだろう。

金や宝石は足がつくかもしれないから、触れないでおこう。

持っていくのは帳簿と書類と、あと適当な大きさの重し……アンティークっぽいものばかりだから、持ち出すにはちょっと憚られる。職人技の結晶だからな。

重しは二階の広間にあったフライパンでいいか。

よし、引き上げるぞ。

「ふざけているのか？」

「いえ？」

「もう一度聞く。あの蟹はどうやって仕留めた？」

「殴ったり蹴ったりして。何度聞かれても答えは一緒です。それが真実なんだから」

男――グリーグ・クレットは明らかに苛立ち。

対するリノキスは、努めて澄ました顔で返答する。

そんな二人をよそに、ギルド長であるアバランは、特に何もしなかった。

――身分や権力などの影響で、アバランはどうしてもグリーグには逆らえない。

己だけの問題ではない。逆らえばヴァンドルージュの冒険家全体に影響が出るので、軽率には動けないのだ。

しかし、だからと言って率先して味方をするつもりもない。

だから静観している。ひたすらに。

それが、この場でできる彼（かれ）の精一杯（せいいっぱい）だった。

「私はあまり我慢強（がまんづよ）くない。言葉には気をつけたまえ」

「そう言われても答えは変わらないわ。さっきからずっと本当のことを話しているのに」

――まあ信じがたいのもわかるが、とはリノキスも思っているが。

蟹と戦うニアの姿を、リノキスは見た。

確かに見たのだ。なのに、未（いま）だに信じられない気持ちでいる。

あんな巨大（きょだい）な魔獣（まじゅう）が、ニアの攻撃でどんどんバラバラになっていった。あんなの人間ができることなのか、とさえ思った。実際に目の前で起こっていることなのに。

だが、事実は事実なのだ。

信じられないが事実なのだ。

信じないと言われても、リノキスにはこれ以上話せることはない。

「子供がどうなってもいいのか？」

「そう言われても困る。信じないそちらの責任まで押し付けないでください」

子供（ニア）に関しての心配はしていない。

リノキスの心配は、いつまでこうしていればいいか、という一点である。まあニアの安全は間違（まちが）いないので、今はのらりくらり時間稼（かせ）ぎをするだけだ。

──だが、それは案外早くやってきた。

ドォン!!

突然の出来事だった。

響く衝撃音とともに、冒険家ギルドが、揺れた。

「な、なんだ!?」

さすがのアバランもこれには動揺した。弾かれたように立ち上がると、無駄のない動きで素早く部屋から出て行った。

様子を見に行ったのだろう。

元冒険家らしく、非常事態に対しての行動は早い。

そして──すぐに戻ってきた。

小脇に抱えられる程度の革袋を持って。

「何があったのかね、アバラン君」

「届け物でした」

「届け物？」

「クレットさん、あんたにだ」

と、アバランは持ってきた革袋をテーブルに置いた。

「今すぐ確かめた方がいい。あんたのためだ」

「……？」

グリーグは訝しげな顔をし、言われた通り革袋の中を調べた。

「フライパン……？」

まず出てきたのは、折れ曲がった大きなフライパンだった。鉄製の頑丈そうなそれが見事にひしゃげている。

それから……グリーグの顔色が変わった。

「どういうことだ？」

鋭い視線をアバランに向けるが、彼は肩をすくめるだけだ。

「さっきそれが投げ込まれたらしい。おかげで壁に穴が開いていたよ」

「投げ……失礼する！」

グリーグはもうリノキスを見ることさえなく、革袋を持って部屋から出て行った。

ひしゃげたフライパンだけをテーブルに残して。

「あの男の不正の証拠が入っていた」

アバランの言葉で、リノキスは理解した。

ニアのアクションだ。まあそれ以外ないとは思っていたが。

——あの男のアジトまで乗り込んだ、もう大丈夫だから帰ってこい、というニアからの伝言である。

ここまでされた以上、あの男は事後処理に追われる。保身のために。こうなってしまえばもうリノキスに構っている暇はないだろう。

少なくとも、今は。

何にせよ、あの男が去った以上、リノキスがここに残る理由はなくなった。

「では私はこれで」

「すまなかったな。この国の冒険家でもないのに、厄介事に巻き込もうとしてしまって」

権力界隈の圧力から思い通りに動けない。

庶民出であるリノキスだけに、それがわからないとは言わない。

アバランに同情こそすれ、責める気持ちなど一切ない。

「一つ貸しってことで」

だからこそ、言っておいた。

失態を埋める機会をやるから気にするな、と。

「蟹の懸賞金はセドーニ商会にお願いします。では」

最後にちょっとした騒ぎがあったが。

こうしてヴァンドルージュでの出稼ぎの旅は終了したのだった。

「ようやく一息って感じね」

「そうですね」

騒ぎがあった夜が明けた早朝。

私たちは無事アルトワール行の高速船に乗り、今飛び立ったところだ。

まだ空が暗いほど朝早いんだが……ホテルの周囲から港まで、妙に人が多かった。冒険家風から軍服から堅気じゃなさそうな奴まで、色々と。

ホテルから出てきたリノキスを見て大なり小なり動いていたから、きっと冒険家リーノの出待ちだったのだろう。まあ逃げたけど。

たった数日で億単位を稼ぎ出した隣国の冒険家。地元の連中がてこずっていた有名な魔獣たちを片っ端から狩った冒険家。噂に聡い者なら名前くらいは聞いていたかもしれない、最近売り出し中の冒険家。

それが、この国で作り上げたリーノの姿だ。

あの様子だと、狙い通り名前が売れたってことだな。結構、結構。

おかげで、これ以上ヴァンドルージュで活動するのはまずいと判断し、帰ることにした。

高速船を用意してくれたから、半日くらいは動けるとは思うのだが。でも身バレが怖いから諦めた。昨日も襲撃があったしな。

「予想はできていましたけど、大変でしたね。お嬢様」

うん、まあ、なんだ。

「――もう少しだけ頑張って」

小声で囁くと、侍女リノキスは冒険家リーノとして「あ、うん」と答えた。

国に帰るまでは、その設定を続けねばならない。少なくとも二人きりではない場では。

だから私もまた髪を染めたわけだし。

「いやあリーノさん！　今回はお疲れ様でした！」

と、奥からニッコニコのトルク・セドーニがやってきた。

「私の注文に全部応えてくださいましたね、ありがとうございます！　おかげさまでとても儲かりましたよ！」

この様子だと想定以上に儲かったんだろうな。そりゃニッコニコにもなるというものだ。

リノキスがトルクに対応している横で、私は窓から外を眺める。

眼下にはヴァンドルージュの街並みが広がっている。

まだ暗いだけによくは見えないが、こうして見ると大きくて広いな。あれは王城かな？

あそこはなんだろう。有名な場所だろうか。

今回の出稼ぎは、ほとんど狩りしかしなかった。ヴァンドルージュ観光どころか、まともに表を歩くことさえなかった。唯一あったイレギュラーはハスキタン家訪問くらいか。

結局両親に言われた飛行船も、見に行く時間はなかったしな。

次に来る時は、もう少しゆっくり過ごしたいものだ。この国の魅力を全然知らないし。

――「加速開始します。三、二、一、――点火」

充分な高度に至った高速船は、爆発とともに急発進した。

相変わらず恐ろしく速い飛行船である。やっぱりこれが欲しいけど、無理だろうなぁ。

夕方から夜にはアルトワールに着く予定だ。

学院の三学期は目の前だ。冬休みはもう終わるし、出稼ぎは成功したし、なんとか宿題も終わったし、冒険家リーノの名前も売れた。概ね予定通りに過ごせたかな。

さて、あとやり残したことと言えば――

「それではゆっくりお過ごしください」

彼女らの話が終わるのを待って、リノキスと移動する。

一緒に狭い個室に引っ込み、やっと気が抜けた。

「やっぱりちょっと疲れたわね」

この数日間、とても忙しなかった。

楽しい狩りだっただけに気にならなかったが、こうして落ち着けば、身体は確かな疲労を感じている。

「そうですね、無理のないスケジュールを組んだつもりですが、疲れましたね。でも稼ぎは一億超えてますので、頑張った甲斐はあったと思います」

うん、そうだな。

「それでお嬢様、昨晩のことですが」

「うん」

昨夜の話はまだしていない。

リノキスも無事帰ってきたし、早急に話し合う必要はないと判断したからだ。どうせならアルトワールへ帰る船内で話をしよう、いい暇つぶしになるし、と。そう約束した。

さてさて、あの襲撃はなんだったのか。冒険家リーノはなぜ呼び出されたのか。

私は何も知らないままアジトに乗り込んでこっそり潰した形なので、それなりに気になっていたのだ。

さあ、どんな話が聞けるかな。

ヘレナ・ライムの優雅な一日と、その裏で

ヘレナ・ライム。

第三階級貴人ジョレス・ライムの奥方だ。

王族の血を引く彼女は、幼少より上流階級の礼儀作法を学び、その高い技術と教養は齢五十を超えた今でも衰えることなく健在である。

多くの貴人たちに望まれ、子供に礼儀作法を教える教師をしている。

夫ジョレスは現在、王宮勤めの高官で、アルトワール王国を支える者の一人として影に日向に活動している。

今回は、そんな上流階級に生きる女性、ヘレナ・ライム夫人の華麗なる一日に密着してみた。

なお、本編の真の目的は、後半に明かすこととする。

ライム夫人の朝は早い。

――「気持ちは若いつもりですが、身体はそうもいきませんから」

毎日の早寝早起きを習慣づけ、規則正しい生活を旨としているそうだ。

――「この歳になると痛感します。社交界のために美容と健康と身だしなみには常に気を付けて来ましたが、中でも健康が一番得難く大切なものだと思い知りました」

そんな彼女の一日は、十種類の果物と野菜を搾ったコップ一杯のジュースから始まる。

――「ここ五年ほど愛飲しています。おかげさまで大きく体調を崩すことはありませんでした」

王都青果店が経営する喫茶店にて提供されている野菜ジュースを気に入った夫人は、頼み込んでレシピを教えてもらうと、自宅の専属料理人に毎朝作らせている。

もし美容と健康に興味があるなら、二番街にある喫茶店「青果・青葉の季節」を訪ねてほしい。新鮮な野菜だからこそ生まれる奥深い味わいは、一味違った野菜の魅力をあなたに教えてくれることだろう。

特に一番人気である白ニンジンステーキは、ぜひ一度は味わってみてほしい。

ゆっくりと朝湯を浴びた後、朝食。

――「いつもは夫と一緒ですが」

第三階級貴人ジョレス様は、国の要人ということもあり、撮影の許可が下りなかった。

いつもは二人で食べるという朝食は、焼き立てのパンとサラダ、スープという軽めのものである。

多少の差異はあるが、基本的にいつも同じ朝食メニューだという。

――「これから仕事なので、朝から満たされるほど食べることはありません。しかし食べることは生きることだと思っています。軽めの物でも朝は食べておいた方が、一日を潑剌と過ごせる気がしますね」

朝食を済ませ、朝の支度を整えると、来客があった。

やってきたのは貴人の子である。

ライム夫人は、これから礼儀作法の教師として教鞭を振るうこととなる。

彼女が請け負うのは、まだ学院での修学が始まる前の小さな子が多い。子供の将来のためにこの頃から厳しく教育するのが彼女の方針だ。

立場上、教育風景の撮影は許可が下りなかったが、少しだけ見学することができた。

その光景は、ただただ厳しく、子供に同情を禁じ得ないものだった。

あれを見てしまうと、優雅、生活に苦がない、贅沢三昧というイメージが強い高位貴人の世界も、苦労がないわけではないということを思い知らされる。

次々とやってくる子供に、礼儀作法を教えるライム夫人。

昼食を挟んで、午後からも同じ時間が続く。

――「今日はたまたま重なっただけですよ」

いつもこんなに忙しいのかと問うと、ライム夫人は疲れを見せない穏やかな表情でそう答えた。

――「私にとっての教師役？　貴人という立場の責務、でしょうか。やりがいのある仕事だとは思いますが……でも、好きでやっているわけではないですね。私もかつては子供で、子を持つ親でもあります。誰が好き好んで子供に嫌われたいと思いますか」

厳しいだけに、子供には嫌われたり怖がられたりすることが多いのだとか。

――「印象に残っている子、ですか？　あえて王族は抜かしますが、そうなるとやはりニア・リストンでしょうね。教師役と生徒役で撮影も行われましたし、長く教師役をしてきましたが、初めて経験することが多かった子です」

初めての経験が多かった？

――「ええ。まず撮影が初めてで、家庭教師姿を第三者に見せるのも初めてでした。それにあんなに長時間耐えられた子も、ニア・リストンが初めてでしたね。終始落ち着いていて、まるで私が知っている子供ではないようでした。思わず本人にそう言ったら、死線を潜ったからだと答えました。子供の返答じゃないでしょう？　……本当に病気が治ってよかったですね」

ニア・リストン嬢とライム夫人の撮影は、リストン領チャンネルの番組「ニア・リストンの職業訪問」第一回放送だった。

今では再放送もほとんどない、貴重な映像となっている。

そして、夕食が始まる。

我々の真の目的は、ここにあった。

――年甲斐もなくやや緊張していたな、と振り返って思う。

ヘレナ・ライムは、ようやく撮影の終わりが近いと知り、ほっとしている。

腹芸は上流階級の基本。

気を張っている間は、内心を表に出すことは許されない。これぞ子供の頃に躾けられ、持たされる武器であり防具である。

今や教える側の立場となったヘレナ・ライムからすれば、もはや切り離せない己の一部。

傍目には落ち着いて見えていたはずだが、しかし、実はずっと緊張していた。

仕方ないだろう。一挙手一投足が映像として永遠に残るのだ。失敗も、成功も、分け隔てることなく。汚点が一生残ると思えば失敗できないではないか。

それに度胸や上辺の取り繕いと、カメラの前に立つこととでは、必要な物は似通っていても別物である。

撮影はこれで二回目。

魔法映像慣れしていないヘレナ・ライムには、気が抜ける時間などまるでなかった。

食堂へ行き、いつもの席に着くと、夕食が運ばれてくる。

これが終われば撮影終了——そう考えるだけで気が抜けそうになるが、むしろ今こそ最大限の注意を払う。

何事も、終わり際が肝心なのだ。

（……？）

——しかし、気付く。

生まれてこの方、ありとあらゆる上流階級を味わって来たヘレナ・ライム、一目で違和感に気付いてしまう。

ワインはいい。

情熱的な赤い色と、蠱惑的な香りと、若さを感じさせない渋みと。上質なワインだ。

だが目の前に運ばれてきた、この前菜。

野菜の荒い切り口、不揃いにしてまとまりのない盛り付け。

一流の料理人はドレッシングの掛け方にさえこだわる。

それさえも彩の一部、それさえも料理の一部だからだ。

（……どうする？）

もう何年、何十年もの付き合いとなる専属料理人の腕と味が、わからないわけがない。

これは間違いなく別人が作った一品。

それも素人同然の者が作った一品。

体裁だけは整っていることから、監督した者はいるはず――それこそ、この屋敷の台所で作ったのなら専属料理人が見ていたことだろう。

そして周囲にいる使用人たちの無反応ぶりからして、これは全て仕組まれたものだと察することができる。

毒を盛ろうなどという賊の仕業ではない。

腕が未熟な料理人に、専属料理人が台所を任せるわけがないから。

となると――

（あれかしら）

魔法映像。

あれ絡みの騙し討ちのような撮影だとすると、この展開にも可能性は生じる。

――たとえば、そう、ニア・リストンのやっている番組とか。

時折観ているが、いろんな職業を体験する様を撮影している。近頃は犬と走るのが上流階級でも少し話題になっている。

正直あまり褒められたものではない。彼女のやっていることのほとんどが、貴人の娘がやることではないと思う。実に品がない。断じて高位貴族らしい振る舞いではない。まあ、もうそういう古いことを言う時代ではないのだろうが――時代の憂いはともかく。

この前菜、彼女が作ったものだと考えれば、可能性はある。

番組の兼ね合いでニアが料理を作ることになり、なんらかの関係でヘレナ・ライムが振る舞う相手に選ばれた。

正直番組のことはよくわからないが、なくはないと思う。問題の前菜が目の前に出てきていることからも。

もしそうなのであれば、普通に文句を言ってこきおろせばいい。

自分が悪者になることで、相対的にニアの価値が上がる。今更優しい老婆になるつもりもないので、それでいい。

(ならば――いや待て)

方針を打ち出そうした矢先。

これまでずっと、足の引っ張り合いが日常の上流階級で綱渡り（つなわた）をしてきた自身の勘（かん）が、磨（みが）かれてきた本能が、まだ判断するのは早いと警鐘（けいしょう）を鳴らす。

「もう一杯」

使用人にお代わりを要求し、じっくり時間を掛けてワインをテイスティングしている体で、頭をフル回転させる。

――そう、ニア・リストン以外の可能性もあるのではないか？

ニアだったら正直な感想を言うだけでいい。

だが、別人だった時がまずい。

たとえば、ヒルデトーラならどうだ？　彼女もよく魔法映像（マジックビジョン）に出ている。可能性はあるはずだ。

そもそもの話、この撮影自体がおかしいのだ。

夫ジョレスが持ってきたものだが、その時点から、らしくないと思っていた。

こういう私生活を見せるような浮（うわ）ついた番組は、ジョレスの好むところではない。その辺に関してはヘレナ・ライムよりもシビアに物事を判断する。

結果的に悪くなかったが、あのニア・リストンとの撮影も、ジョレスは反対したのだ。

しかしヘレナ・ライムが強引に押し切った形で承諾した。

だからこそ、ヒルデトーラが――ジョレスが政治的に受け入れざるを得なかった相手からの圧力で、この撮影の話を持ち掛けられたのだとしたら？

だとすると、ニアが料理をしたと思うより、こっちの方が筋が通ってしまう。

さすがに不特定多数が観る魔法映像で、おおっぴらに王族をこき下ろすことはできない。

それは突き詰めれば階級社会の否定に繋がってしまう。

もしくは、レリアレッド・シルヴァーはどうだ？

いや、ヘレナ・ライムと直接の面識がない彼女が動いているとは考えづらい。

そもそもシルヴァー家は例の紙芝居関係でかなり忙しくなっていると聞いている。今このタイミングで、第三階級貴人の妻に手料理を振る舞う、なんてよくわからない撮影をするとは思えない。

――となると。

「料理人が変わったのかしら？　いつもと違うのね」

作ったのが別人だと気づいてますよアピールをしつつ、それ以上の言及を避け、ニアでもヒルデトーラでも対応できる形で進行する。

優雅に、あえてゆっくりと夕食を楽しむヘレナ・ライムの判断は、果たして当たっていたのかどうか――

「――ヒルデトーラです！　新企画、『料理のお姫様』です！」

遡ること、約半日。

ヘレナ・ライムが家庭教師模様の撮影をしている頃、台所ではピンクのエプロンとお揃いのコック帽が可愛らしいヒルデトーラが、裏の撮影をしていた。

「昨今の女の子たるもの、たとえ王族でも料理の一つくらいは憶えておきたいものです。

この番組では、プロのシェフに料理を教えてもらい、実際に作ってみたいと思います。

目指せ、貴人を唸らせるプロの味！」

気合いを込めた握り拳が非常に可愛らしい。

「それでは、今回の料理人を紹介――の前に。

わたくしと同じくらい小さな子は、絶対に大人と一緒に料理してくださいね！　わたくしもそうしますからね！

それでは、今回の料理人は、この方です！」

――そう、ヘレナ・ライムは読み勝ったのだ。

そして、なぜこの企画が回ってきたのかと言えば、夫ジョレスが読み負けたからに他ならない。

魔法映像(マジックビジョン)のカメラが回っているという証拠が残り言い逃(のが)れができない状態で、料理を作った王族たるヒルデトーラをぼろくそにこき下ろした。

まずいだなんだと、それはもうぼろくそに言った。言ってしまった。

その映像を放送しないことを条件に、この企画を通すよう口添(くちぞ)えしたのと、自分の代わりになる生贄(いけにえ)の紹介……いや、負けのツケを嫁(よめ)に払わせた、というのが真相だ。

――そんな裏事情はさておき。

プロの料理人がそこそこのレシピを公開するこの番組は、各飲料店から家庭料理にまで影響を及(およ)ぼし。

行く行くは、アルトワール王国の全体的な調理技術の向上に繋がることになる。

そしてなかなかの長寿(ちょうじゅ)番組として君臨し、素人参加型の大会なども開催(かいさい)されるほどの名企画へと育っていくのだ。

貴人の騙し討ち。

この文化が生まれたのは、きっとこの時だったのだ。

これを悪しき風習と言うか、それとも魔法映像普及活動の一助と考えるか。
後の文化人たちは結論を出せないのだが、ただ一つ言えることは。
――これがニア・リストンの運命を大きく変えた。
それだけは、誰もが認める事実である。

あとがき

積みゲーが増えたんだ。

こんにちは、南野海風です。

2023年の十月末、このあとがきを書いています。今年も終わりが見えてきたかなぁ、という時期ですね。この本が本屋に並ぶ頃は冬でしょうか。

四巻ですよ。

ついに四巻ですよ、四巻。

四巻と言えばアレですよ。ファイナルファンタジーで言えば名作のFF4ということですよ。思いきって月に行っちゃうやつです。聖騎士より暗黒騎士の方がかっこよかったな、と思ったのは私だけではないはずです。

名作です。まだスクウェア・エニックスになっていない、スクウェア時代のゲームですね。スーパーファミコンというスーパーなゲーム機で発売されたソフトです。

今はいろんなハードでリメイクされているので、未プレイの方はぜひプレイしてみてね！

そして実質ＦＦ４であるこの本もぜひ楽しんでくださいね！

あ、もしや楽しんだ後かな？　じゃあ次はコミカライズを楽しんでね！


今回は戦闘シーン多めの内容となっています。

私のド派手なミスで、書き下ろし多めです。ほら、いつもより本が厚いでしょう？　そうでもない？　電子書籍だとわからない？　どうでもいい？　そうですか。

まあ、そんな感じになっております。

ああ、ご安心ください。

今回もみんな大好きベンデリオが活躍していますよ！


刀彼方先生、素敵なイラストをありがとうございます。

黒髪ニアいいと思う。途中から交代してのお仕事なので、大変なことも多いと思います。

あと黒髪ニアっていいんじゃないかなと思いました。

幼女、戦闘シーン、ほかにも独特の文化が多いので戸惑うことも多いかもしれません。

黒髪ニアとてもいいのでこれからもよろしくお願いします。

コミカライズ担当の古代先生、いつも楽しい漫画をありがとうございます。

これを書いている頃は、まだコミカライズ三巻が発売されておりません。すごく待ってます。私はすごく待ってますよ！

原作より面白いと私の中で評判なので、ぜひチェックしてみてくださいね！

ちなみに、先生のお名前である「古代甲」は「コダイ・カブト」と読むそうです。

コウ先生じゃなかったのか、とちょっと衝撃を受けました。大変失礼しました。


担当編集のSさん、今回も大変お世話になりました。

今回も書き下ろしが多かったですね。たくさんのご意見ありがとうございました。

おかげでぐっと完成度が上がったと思います。具体的に言うと一割から九十五割くらいにググッと伸びたと思います。驚愕の伸びでした。

並びに関係者の皆さん、ありがとうございました。

これからもよろしくお願いします。

最後に、読者の皆さん。

皆さんのおかげで、こうして四巻が完成しました。

ここだけの話、電子版が売れているらしいですよ。皆さん電子で買ってるんですね。電子の申し子なんじゃないですか？　よっ、申し子！

申し子の皆さんや、紙の方を購入してくださった皆さんのおかげで、四巻も出すことができました。

感謝しかありません。

ありがとうございました。

なお、ありがたいことに五巻も出るようです。五巻ですよ、五巻。これはもはやモンスターハンターで言うところのトライGにあたります。モンハンってすごくたくさん出ていて驚きました。モンハンはすごいゲームです。

それでは、まだ五巻でお会いしましょう！

お嬢様、撮影のために再び
ヴァンドルージュへ！

『凶乱令嬢ニア・リストン』

第5巻発売決定！

Nia Liston

お忍びで向かった隣国ヴァンドルージュで、魔獣狩りを楽しんだニア。
帰国後、ニアにヒエロ王子から撮影依頼の手紙が届く。
それは、ヴァンドルージュで行われる貴族の結婚式に関するもので——

HJ文庫 https://firecross.jp/
1129

凶乱令嬢ニア・リストン 4

病弱令嬢に転生した神殺しの武人の華麗なる無双録

2023年12月1日　初版発行

著者――南野海風

発行者―松下大介
発行所―株式会社ホビージャパン

〒151-0053
東京都渋谷区代々木2-15-8
電話　03(5304)7604（編集）
　　　03(5304)9112（営業）

印刷所――大日本印刷株式会社

装丁――小沼早苗（Gibbon）／株式会社エストール

ISBN978-4-7986-3360-2　C0193